向阳而生

张蕊娜　著

陕西新华出版
陕西旅游出版社

图书在版编目（C I P）数据

向阳而生 / 张蕊娜著. — 西安 : 陕西旅游出版社, 2022.5（2024.1重印）

ISBN 978-7-5418-4266-5

Ⅰ. ①向… Ⅱ. ①张… Ⅲ. ①散文集－中国－当代 Ⅳ. ①I267

中国版本图书馆 CIP 数据核字(2022)第 078979 号

向阳而生　　张蕊娜　著

责任编辑：韩　双
出版发行：陕西新华出版传媒集团　陕西旅游出版社
（西安市曲江新区登高路 1388 号　邮编：710061）
电　　话：029-85252285
经　　销：全国新华书店
印　　刷：盛大（天津）印刷有限公司
开　　本：787mm×1092mm　1/16
印　　张：12.75
字　　数：140 千字
版　　次：2022 年 5 月　第 1 版
印　　次：2024 年 1 月　第 2 次印刷
书　　号：ISBN 978-7-5418-4266-5
定　　价：59.80 元

序　言

打开张蕊娜寄来的《向阳而生》书稿，一股温馨的气息扑面而来。

正如书的标题“向阳而生”，我首先感觉到了“阳光”。这是早晨的阳光、明媚的阳光、时代的阳光、年轻的阳光。这阳光辉映着全书，给人一种温暖、干净、绵长的韵味和力道。作者在后记中说：“在为本书取名时，我想到了这个名字——向阳而生。这几个字，送给曾被风雨裹挟的自己，也送给在岁月里与我一同成长的人们，往后余生愿我们都被暖阳笼罩。”信哉斯言！

书的标题里还有一个至关重要的“生”字。生者、诞生、生长、生活、生计、生息、生命、生发……全书几乎涵盖了这一切。也正是因为围绕着“生”来生发，这本书有了一种活色生香的盎然生机。

作者有至情。她以珍惜的姿态穷尽了关于时光的许多美好。在我的认知中，曾有点先入为主的“偏见”——一个“90后”的青年，写其出生、上学、工作、婚姻似乎有点平淡、单调，“螺蛳壳里做道场——打不开场面”，但张蕊娜颠覆了我的看法，沉潜于她的书稿，静心细读，方知一切担心皆是多余，倒常常被作者体物入微、精当自如的描写所吸引。“青山怀抱着土院落，土院落里有土窑洞、土墙、土路，沿着土路往前走，有一家老店铺”“大门里的土院也不甘落后，土的院墙，土的窑洞，窑洞里用土盘起来的土炕和厚墩墩的穹顶……”“他们和黄土地打了一辈子交道，这里的一山一水、一丘一壑、一草一木都和他们有着深厚的感情，只有这里，才是他们的家。”“爷爷的旱烟锅、荞麦糁子凉粉鱼、咸菜、布谷鸟的叫声……”看，多实在，多有感情色彩！以情观景，凡景都蕴含真情挚爱。读这样的文字，瞬间会觉得自己也是境中人，平添许多温暖而又柔软的怀恋。

作者有妙笔。她虽然年轻，行文却老到，心有灵性，笔含灵动。文章选材得当，重点突出，不平铺直叙，不俗套，不做作，虽然写的是平凡事，读来却有新鲜美！上学、成长、工作、恋爱、结婚、家庭……多镜头的呈现中，不时有闪光的感悟：“一个人想得到的背后，必须有踏实的付出和支撑。而这种付出必须穿过众多的黎明和黑夜，这种支撑中伴有着心灵的对抗和服从，对自我意志的驱使和克制……”“我想，春天本身就是一个美丽绚烂的季节，微风不燥，天空湛蓝，枝头间绿意葱茏，百花争奇斗艳包裹群山。不管是孩童还是少年都洋溢着幸福的笑容，双脚有力地奔跑在我们共同生活的这片热土上，他们拉扯着手中紧握的风筝，就像放飞着他们的梦想一样。”

作者写亲情，写友情，写爱情，写青春梦，写人生路……这一切都有一个宏阔而温暖的“现场”抑或“后方”——家乡。所以，这里我要围绕“家乡”说几句。作者生活的家乡，是一片可亲可爱的热土。她挚爱这父母般的家乡，从孩提到成人，无不眷恋深爱！这不离不弃的桑梓，更是心灵的栖息地。因此每每提及，情深义重，妙笔生花，抑制不住的激情溢于言表，甚至还有点自责——“我也一直思念我的故乡，在这么多流逝的日子里我却挤不出时间奔回那条路，探望我的家人，欣赏那里的月光。这令人懊恼。故乡，那是和家不一样的地方，那是父母给我的家……我们平时都把那里称为老家，那是我们疲惫和劳累时最终的依靠和归属……”在我看来，这种一往情深的独特感受和对生命的体验，使该书有了深度，也有了存世的价值，定会受到读者欢迎的。海德格尔说：“故乡本身临近而居，它是切近源头和本源的原位。”因此，“诗人（作家）的天职是还乡，接近故乡就是接近万乐之源。故乡的玄奥、美丽之处恰恰在于这种对本源的接近，绝非其他。所以，唯有故乡才可接近本源，这乃是命中注定的。也因为如此，那些被舍弃与本源的接近而离开故乡的人，总是感到那么惆怅、悔恨……还乡就是返回与本源的接近。”

每个人都有不同的家乡，有不同的感受和体悟，但钟情思念之心却是一样的！实际上，走出家乡的人无论是谁，都回不到原乡了！因为故乡在不断变化，回归的只能是情感、灵魂、乡愁，是心中向往的那片乐土。我热诚祝愿蕊娜的故乡、青春、时光，永远向阳而生！

是为序。

曹焕荣

辛丑年端午

目　录 Contents

那山那水那些人 / 1

这是我的黄金年代 / 65

那山那水那些人

周末回家，爷爷用石头砸开些个甜杏仁，用塑料袋包好专程赶来递给我。

杏仁早已吃完，可是打开袋子的瞬间，那一堆甜杏仁却在我心里打上了深深的烙印。

从小到大，我对家人表达爱意谢意的言语较少，从来没有说过谢谢，从来没有说过我爱他们，以至于母亲总是说我犟，说我倔。

就这样，随着我慢慢长大，爷爷奶奶的白发、父母的皱纹却逐渐增多。

我眼睁睁地看着他们一天天变老而无能为力。

这样的感觉让人窒息。

在乡野里度过的童年时期，虽然没有那么多时尚的玩具，但我们会创造属于自己的乐趣，这些成为我一生珍贵的记忆。

乡野童年

1991年12月22日，正值寒冬腊月，大家都沉浸在春节即将来临的喜悦之中，母亲却忍着疼痛被送往医院，随着一声啼哭，我来到了这个世界，父亲为我起名“张蕊娜”。为了不影响母亲上班，奶奶便来到我家照顾我。等我长大一点，不再需要吃奶的时候，便被奶奶带回了老家。

回到老家，我第一次见到了爷爷。爷爷自幼是一个苦命人，九岁失去母亲，十二岁父亲去世，生活的磨难让他孤独落寞，但也乐观坚强。后来，爷爷奶奶结婚成家，他们相互扶持，生儿育女。勤劳、朴素、善良的品质早已深深地刻在了他们的骨子里。他们的这些品质也深深地影响了我。

说起在老家度过的日子，自然少不了弟弟。弟弟小我两岁，当弟弟能说会跳的时候，也被爷爷奶奶带回老家照看。我们在大山里成长，既有山里孩子的朴实和憨厚，也有山乡孩子粗犷豪放的秉性。

记忆中，沿着村子的大路一直往前走，在一处拐弯处停下来，顺阶而下，一条清澈的小溪便映入眼帘。这条被两岸青山所夹的溪涧是炎热夏季我们常去玩耍的地方。一块青石板朝一边微微倾斜隆起，奶奶常坐在石板高处，将箩筐里的衣服一件一件拿出来使劲地搓洗。洗衣粉泛起五彩斑斓的泡沫，随着流水慢慢远去，略显张扬。抬起头，几朵白云悠悠然飘来。我和弟弟有着孩童与生俱来的淘气和憨状可掬的模样，拉着衣服往水里丢，脱掉鞋子再去捡，清脆的笑声搅和着奶奶宠溺的责骂声在空旷清幽的山谷来回飘荡。

太阳慢慢落下，天边一抹绯红的落日映衬着远方巍峨耸立的群山，透着大西北的苍劲。奶奶手腕上套着一个沉甸甸的装着衣服的箩筐，我和弟弟用一根棍子抬着一个小筐，一起走回家去。"黑墩墩，你下来，我不怕。"在归家的途中，路口有一棵参天大树，茂密的枝叶为辛勤劳作的过路农民撑起了一片阴凉，此时，弟弟总是忘乎所以地在树下拍手喊着这句童谣，我也跟着应和。

如今，这棵树早已不复存在，但这句歌谣却深深地印刻在我脑海中。

如果说小溪边有我们关于童年的欢乐时光，那么，奶奶的菜园就有我和弟弟最深刻的记忆，也是我和弟弟获得乐趣最多的地方。奶奶的菜园子里，黄瓜、茄子、辣椒、番茄、土豆、红薯、豆角、韭菜、桃子、青梨、葡萄、西瓜、花生、桑葚、李子、樱桃等瓜果蔬菜一应俱全。每到瓜果蔬菜成熟之际，奶奶都会给村子里前前后后的亲邻送菜送果子。有一次，几个小学生放学后跑到我家园子里偷摘果子，被爷爷发现了，他却拿着大烟袋乐呵呵地一边摘着果子一边嘴里念叨着"以后可不准偷摘了"，说完便把果子递到孩子们手里。草木葱郁，蝉声聒噪，这样灼热的季节燃烧着我和弟弟两颗稚嫩而热烈的心，我们既幸福又感动。

夏日黄昏时，蚊虫很多，为了驱蚊防虫，爷爷经常把艾蒿拧成绳，点燃熏蚊，时而还用它引火点灯。

在没有电灯照明之前，煤油灯是爷爷常用的照明工具。爷爷的煤油灯为玻璃材质，外形如细腰大肚的葫芦，上面是个形如张嘴蛤蟆的灯头，灯头一侧有个可把灯芯调进调出的旋钮，以控制灯的亮度。现如今，早已万家灯火通明，可是爷爷仍然没有舍弃他的煤油灯。

屋内灯火昏黄，屋外炊烟袅袅。奶奶的厨房给我印象颇深，在一个大锅台下面有专门为猪、狗等家畜准备的一大盆一大盆的饲料，后面有一堆柴火，柴火旁边放着风箱，奶奶做饭时，我都会主动帮助奶奶拉风箱。日复一日，年复一年，我们吃着奶奶做的一顿又一顿美味可口的饭菜渐渐长大。至今，奶奶年逾八旬，却舍不得丢掉她的风箱。

我想，在那些日久岁深的年代里，每一个经过苦受过难的人，总是舍不得丢弃任何一件他们使用过的物品，或许是丢不掉那些过往的人生岁月。受了爷爷奶奶的影响，在我的生活里，贫穷也好，富裕也罢，我都始终秉持着勤俭有规的生活态度。为此，我常常心怀感恩。

其实，爷爷奶奶常常忙于农作物的耕种而无暇顾及我与弟弟，只要保证我们安全，他们就十分放心地干着自己手头那些永远也干不完的农活儿。我们虽小，但只要在家也是“自由之身”，爬墙、上树、玩泥巴、抱猫狗、看电视……只有想不到，没有做不到的事。

在这里想提一件令我毕

生难忘的事情。

有一年的九月份，园子里老桃树的枝头早已经挂满了果，我和弟弟每每经过就抬头仰望。芳香诱人、色泽艳丽的桃子令我们垂涎欲滴。一日心血来潮，我们便展开了行动，拿着锄头来到园子，在我俩的相互协作下，低枝头的桃子被我们迅速采摘到筐。沾沾自喜之余，我们又把目光盯向树梢顶端的桃子。对于五岁孩子来说，要想顺利摘到挂得那么高的桃子，的确很难，但是任性和贪婪战胜了要放弃的念头，看着弟弟目不转睛地盯着树梢，我一次又一次竭尽全力地托起锄把钩搂着树枝往下压，然后让弟弟赶紧在我压低的树枝上采摘。

一次又一次，一下又一下，不料悲剧瞬间发生了，因我力道不足，锄头弄伤了弟弟的脑袋，鲜血从他捂着脑袋的小手中流了出来，我呆愣在那里，大脑一片空白，猛然间反应过来后才仓皇地哭喊着找奶奶。

顿时弟弟号啕大哭，惊恐、慌张、焦虑充斥着我的内心。这时，奶奶闻声赶来抱起弟弟跑回院子，一脚踹开房门立马在涂着红漆的柜子里找出一种白色的药膏，给弟弟清洗后抹上药膏包扎伤口。听着弟弟声嘶力竭的哭声，我躲在房门外，蹲下来抱着膝盖，泪如泉涌，痛楚早已蔓延全身。

时过境迁，弟弟的伤虽然好了，但是留下的疤痕却是对记忆最好的印证。时至今日，每每看到他脑袋侧面的那块小疤痕，我就会想起

那年夏末的欢喜和悲伤。

在乡野里度过的童年时光，虽然没有那么多时尚的玩具，但我们会创造属于自己的乐趣，这些成为我一生珍贵的记忆。

每年瓜果成熟的时候，好多人家都会在瓜果地里搭一个简易屋棚来看守自家的劳动成果，爷爷也会这样做，提着他那散发着微缕光芒的煤油灯，挂在三角棚一侧，看守那硕大诱人的西瓜，我们紧随其后嚷嚷着要在三角棚内睡觉，总会被爷爷骂着赶回去。所以，白天我们便偷溜在瓜地，坐在三角屋棚里利用高粱秸秆做各类手工。

风车也是我们那个时候最爱的玩物。奶奶经常在忙完农活回来后就被我和弟弟缠着做风车。正方形的纸分别从每个四角的中间剪开直至对称中心，尔后顺一个方向折叠起一个角，用大头针从中间插入，一个风车就跃然眼前。这时，我和弟弟精神抖擞地像兔子一样冲出门外，阳光温和地映照在我们洋溢着笑容的脸上，风车迎着清风旋转了起来，也转动了我们的小幸福。

我们笑着、闹着，声音掠过空旷的原野，也掠过了我们的童年。

上　学

1997年的冬天寒冷而漫长，我经历了记忆里的第一次离别，离开了陪伴照顾我五年的爷爷奶奶，跟随着母亲出了沟，来到了新堡。其实新堡与老家距离并不遥远，新南公路竣工以后，平坦宽阔的道路穿村而过，两地仅有二十分钟的路程，只是当年那凹凸不平的道路和厚重的黄土使得前行的汽车缓慢颠簸，因此当时年幼的我固执地认为此次离别代表着遥遥无期的相见，我也并不了解母亲带走我的良苦用心。

母亲回来接我的那个早晨，我哭闹不停。北方的寒冬是咆哮着、鞭打着、撕裂着、呼喊着的，冷得让人颤抖，让人连思想都无法集中，像那呼啸着席卷荒原的北风，亦如我当时的心情。奶奶一边哄我一边劝我："跟着妈妈走就能上学了。"我拗不过奶奶，拗不过母亲，拗不过本该到上学的年龄就不能再继续留在这里整天玩耍的事实。长大后，我就在想，那毕竟是我的母亲，是我生命里多么重要的人，和她在一起生活，我又有什么理由不知足？奶奶帮我收拾好行装，我随母亲坐上车，离开了这片贫瘠的土地，离开了故乡群山的怀抱，从此听不到了奶奶的唠叨，看不到了爷爷的慈祥笑容，取而代之的是母亲那满目琳琅的门市部、幼儿园里的小红花……

20世纪90年代初，母亲在供销合作社工作，在那个物质相当匮乏的年月里，母亲经常下班归来都会帮我带一些零食。20世纪八九十年代出生的孩子应该都知道，那时有一种“熊毅武”牌的方便面，那真的是我记忆中吃过的最好吃的零食。如今，各类方便面层出不穷，可是，我再也没有从任何一种品牌的方便面中吃出当年的味道。那是属于我们这一代人的味道。

寒冬腊月天，房屋上雪堵着窗户，冰溜子像透亮的水晶小柱子，一排排地挂在房檐上。苍翠的松树站在皑皑的雪地里，随着凛冽的西北风摇晃着身子，发出尖厉刺耳的呼啸声，像是有意在蔑视冬天。户外玩雪，是我们在冬天里最为快乐的事情，大雪纷纷扬扬落下，那一片片雪花在空中舞动着各种姿势，或飞翔，或盘旋，或直直地快速坠落，铺在地上。我和小伙伴最喜欢堆雪人，用母亲刚从菜市场买回来的胡萝卜当作鼻子，用煤炭作为眼睛，把自己的帽子戴在雪人的头上，一个很漂亮的雪人就完成了。

童年的诸多时刻，不用任何消费就能获得巨大的快乐。

1997年4月，路旁的柳絮漫天飘飞，天空展现出清丽的深蓝色，树枝的顶端泛起了青绿，沉睡的世界开始复苏，一切有着生命与色彩的东西都在张扬着，到处充满了朝气。因为母亲工作调动，我随母亲第一次来到悦乐。

九月，我被母亲送进了幼儿园，随后，弟弟也被接到了母亲身边。这是我第一次接触到学校，接触到滑梯和跷跷板，接触到老师和同学。我眼中的世界，变得新奇又陌生。

“孩子，我要求你读书用功，不是因为我要你跟别人比成绩，而是因为，我希望你将来会拥有选择的权利，选择有意义、有时间的工作，而不是被迫谋生。当你的工作在你心中有意义，你就有成就感。当你的工作给你时间，不剥夺你的生活，你就有尊严。成就感和尊严，给你快乐。”这是龙应台对21岁的儿子安德烈说的一段话。我读到之后真的太喜欢了，索性把它背了下来，激励自己。现在想来，天下的父母对子女出人头地的期许都是一样的，对子女生活得快乐和幸福的愿望都是一样的。我的父母也不例外。

上学第一天，母亲骑着单车载着我，穿过街道，来到幼儿园。很多孩子和我一样，小小的手圈在父母的手心里，胆怯而又好奇地打量着周遭。

这一天，母亲并没有将我很顺利地送进教室，因为我还不能长时间离开亲人去适应一个陌生的环境。母亲俯下身来轻轻地告诉我：“没关系的，十二点钟妈妈就准时来接你。”而我只知道捂着眼睛大声哭泣。在穿梭纷乱的人群里，很多孩子和我一样，在老师和家长的拉扯中哭声大作，眼睁睁地看着自己的爸爸妈妈渐行渐远，在视线里消失。

后来总是忆不起，我是怎么再次被母亲送进学堂，怎样安静下来的。“我慢慢地、慢慢地了解到，所谓父女母子一场，只不过意味着，你和他的缘分就是今生今世不断地在目送他的背影渐行渐远。你站立在小路的这一端，看着他逐渐消失在小路转弯的地方，而且，他用背影默默告诉你：不必追。”龙应台《目送》里的这段言语让我知道，我和母亲的分离就是从此刻真正开始的。

都说幼儿园是儿童的乐园，是啊，在那个纯真的年代里，我们在那个温馨的乐园里玩滑梯、跷跷板，做各种各样的手工，玩各类游戏，过得温柔而不慌乱。自然，我们还会写汉字、学算数、唱歌、跳舞、画画……得到教室后面文化墙上的小红花是我们的奋斗目标，老师批改作业评甲乙丙是我们认真写作业的动力。

每天放学，母亲总会和众多家长一样准时出现在幼儿园门外接我。我们先站成一列长长的纵队，再一个一个跟老师说再见，然后我坐在自行车后车座上被母亲载回家。弟弟上学之后，因为父亲常年在外工作，母亲在照顾生意的同时还要每天接送我们上下学，自行车上承载的不仅有我，还有弟弟。

“六一”也是我们极度渴望的节日。我至今还清晰地记得第一次过六一儿童节的景象。早上，全体师生准时到校，同学们个个精神抖擞，鲜艳的红领巾格外耀眼，要参加演出的小朋友们都穿着漂亮的衣服，园内彩旗飘飘，大院中间铺着红地毯，地毯周围摆着红桌子，欢声笑语飘荡在空中。《蜗牛与黄鹂鸟》的音符仍在奏响，《掀起你的盖头来》的韵律仍然饶有余味，我扎着两个小辫，穿着母亲帮我准备的连衣裙，跳着老师编排的舞蹈，和同学们在舞台中央唱啊跳啊，像展翅欲飞的蝴蝶。

不得不承认，幼儿园的两年时光让我对未知世界产生了好奇，并且有了新的探索，它不仅开启了我对生命探知的大门，还让我对生命的分离和相聚产生新的认知。

日子过得迅疾而漫长，脑海中的记忆就像一张张幻灯片，一闪即逝，记忆总是被剪辑成碎片无法回归完整。就在母亲、老师的教育、关怀下，我告别了幼儿园生活，开始了求学道路上的又一步——小学。

我的小学

悦乐小学位于小镇中街，教室全是砖瓦房，前后两排，中间有花园，后面是土操场，操场上有笔挺的白杨树，秋风吹过，树叶簌簌作响。

7岁那年，母亲牵着我去报名。在那里，我遇到了我的启蒙老师——慕灵娟老师。

记忆中，她常常身着一袭白色连衣裙，两条长长的麻花辫垂下来，清雅、秀气。她长得很白净，讲课的声音很好听，每每念课文就像唱歌一样，我被她深深地迷住了，心中除了欢喜就是仰慕。

一年级是孩子学习起步的重要阶段。在这期间，我除了课堂上跟随着慕老师的讲解学习，也在母亲的引导和督促下认真完成家庭作业。

母亲虽然常常为了生活奔波忙碌，可是对子女的教育十分重视。那些年，父亲常年在外，对家庭的照顾和我们的成长教育参与得相对较少。母亲作为一名供销社的售货员，想要上班顾家两不误，这的确苦了她。我和弟弟一个上小学，一个上幼儿园，让她常常分身乏术，疲惫至极。

童年生活有无拘无束的自由，也有畏手畏脚的惧怕。日子就在白炽灯下伏案一笔一画中溜走了，在老师和母亲α、o、e的循循善诱中溜走了，在旁边旺盛的火炉发出“呲呲”声的火焰中溜走了，在母亲忙碌着准备一日三餐的背影中溜走了……我也在一天天长大，充实且快乐。

寒来暑往，时光飞逝。

2000年，我升入三年级，初懂世事，记忆开始清晰。如今，再想起那些没有手机和电脑的童年时光，满心怀念。

学生每天早上跑完早操后要吃早餐。一大清早，校门口有一个清清瘦瘦的高个青年男子推着三轮车在等候着学生们光顾他的生意。虽然他做的早餐很简单，但是生意很好，几十甚至上百个白饼子在他的泡沫保温箱里整齐排列，一大盆土豆丝被一块白布严严实实地盖着，几袋拆开的麻辣片袋子错落开来，静静地躺在盖子上。早操毕，一群学生蜂拥而至，青年男子瞬间忙碌起来，先掰开饼子，再夹辣条、夹菜，最后装袋、收钱，忙得不亦乐乎。多年过去，如今再回想起那简单的早餐，依然觉得有滋有味。

校园内一间琳琅满目的小卖部令我记忆颇深。小时候的零花钱并不多，所以怎么花必须得经过深思熟虑，我常常是先买一张麻辣片，吃完了再去买冰棍、小雨点、跳跳糖。满足了嘴，吃饱了肚子，剩下的两三毛就会去买游戏牌、弹珠等各类玩物。即使没有钱花，也会开心，因为我们会想方设法“创造”游戏，分享快乐——跳房子、抓杏核、打陀螺、跳皮筋、拍游戏牌、滚铁环、丢沙包、踢毽子、丢手绢、弹弹珠、跳绳……青春少年真是样样红，可是太匆匆。

我还记得学校的操场，没有硬化，常常晴天一身灰，雨天一身泥，但是戴着红领巾的少年却在这里跳绳、踢毽子、跳皮筋，乐此不疲。下课后，宁静的校园一下子沸腾起来，到处都是欢声笑语。先看跳绳的：他们三个人一组，绳子两边由两个人牵着，五颜六色的跳绳在他们的手中舞动，上上下下，左左右右。再看踢毽子的：五彩缤纷的鸡毛毽子在小朋友的脚尖上来回跃动，像绚丽的蝴蝶在空中飞舞，看不清是谁在踢哪只毽子。最后看跳皮筋的：他们三人或四人一组，两人面对面站立撑起皮筋，另外两人左蹦右跳，没跳过去或者没踩住皮筋就算输，输了的人换另一组继续站立撑起皮筋，循环往复，直至筋疲力尽……

那些年，时光慢，阳光暖，我们年少。

时间依然在自顾自地走着，永远不知疲倦。时针可以重复无数次恒久不变的轨迹，我们却每时每刻都在往前走，或欣然向前跑着，或者被什么东西驱赶着，偶尔回头张望，却不能回到从前的一分一秒中，过去将成为永远无法更改的事实。

五年时光，我就这样慢慢成长，最后我以语文最高分但数学不及格的成绩过完了我的小学时光。

从此我的生活里再也没有红领巾，再也没有六一儿童节，再也没有放学得跟着路队走的规矩。

川　道

我的老家在甘肃省东部华池县东面沿河的一个大山川里，那里梁梁峁峁、沟壑纵横。20世纪90年代至21世纪初期，那里交通闭塞，道路晴天崎岖不平，雨天泥泞坑洼。

我出生在20世纪90年代初期，父母当时在供销合作社上班。听父母讲，迫于生活，我出生不久便被送回老家由爷爷奶奶照看。二十多年前，回老家的这条川道还没有通班车，也很少有其他交通工具，父亲和母亲一到周末只能早早启程，骑行好几个小时回家看我。

自我有记忆时，便被父母接到身边开始上幼儿园，那时候老家这条道路已经有了班车，父母再也不用骑着自行车回家。逢年过节或者寒暑假，我和弟弟也会吵着要回老家。那个时候，班车只通到距离老家四里地的一个漫水石桥处，每次归来和离去，都有好长一段坎坷不平的路要走，我们回家也不能带太多东西，但是能够通车对我们来说已经算是很大的福音了。

我依稀记得，某一个冬日的早晨，星星还挂在夜空，寒风凛冽，我和弟弟早早被父亲再三催促着从被窝里爬起来穿戴整齐，

包裹严实后准备去赶那辆唯一的班车。收拾好行装，我们开始和父亲一起行走在这条厚重的黄土路上，在匆忙的脚步声中赶上这趟班车，离开了这块贫瘠的土地。

再长大一些，老家的路又有了新的变化，黄土路变成了石子路，班车从唯一一辆开始变成两三辆，我们回家的时间也不用因为要赶仅有的一辆车那么严格，车还能通到家门口，我们再也不用披星戴月地归去和离开。长大后，我站在高高的土园子畔上，看到向前延伸的石子大路，更加坚定一个信念：离开的人会回来，回来的人会成为不一样的自己。

春夏秋冬，寒来暑往，爷爷在这条路上一走就是几十年，从最初的步行赶集到骑自行车去卖他种的旱烟叶子，再到后来爷爷直接入手了一辆电动摩托车，穿行在这条坎坷不平的石子路上。虽然下雨的时候石子路没有土路那样污泥浑浊，但是雨过天晴，依然改变不了尘土飞扬的场面。路边的庄稼被来往的车辆扬起的沙尘盖上了厚厚的一层“被子”，一个个低头耷脑。在炙热的夏季，每逢回家，常常是班车后面扬起的尘土让人看不到来路，一下车，后面的尘土也会扑面而来。

2012年修建南梁二级公路，响应国家政策，老家面临着拆迁，父亲重选院址新修院落。一年多以后，家乡的石子路变成了平坦笔直的柏油马路。如今，在周末闲暇之际回家看望爷爷奶奶，以前两个多小时的路程现在驱车半小时就可以抵达。

2018年，村里还修建了过水桥，本来要绕道穿过小河才能回到的家，现在汽车直接穿过桥就能停到家门口。每次离开的时候，爷爷奶奶送我们到路边，我将头抵在玻璃上望着车窗外，看到他们鬓发斑白，步履蹒跚，回想过去的二十多年，生活好像在我一回头的瞬间就变成了现在的模样。

老店铺

十年前的村庄是“土”的，青山怀抱着土院落，土院落里有土窑洞、土墙、土路，沿着土路往前走，有一家老店铺。

老店铺的确很“老”，在店铺里转上一圈，诸多很有年代感的东西都能找得到，有老式自行车上的车把、中轴、脚蹬、铁铃铛等配件，还有陈旧的盘秤、剃须刀，被淘汰的碟片和中山装上的挂钩……老式货架上陈列的商品有些稀疏和过时，但依然能看出当年的“风头”，也满满地承载着供销社的历史记忆。

经营这家店铺的人是一个“老供销”，他的名字叫庞应虎，人们亲切地称呼他“老庞”。庞应虎是张川村村民，1972年，庞应虎高中毕业，成为一名供销社代销点的代销员，卖过煤油、针线、火

柴等日用品，挑着扁担收购过中药材和鸡蛋、黄花菜等各类农副产品。1988年，供销社招聘合同工，庞应虎成为供销社一名正式的销售员。20世纪90年代，供销社解体。从垄断到竞争，从国营变成私企，供销社业务逐渐萎缩，设在各处的门市部纷纷以租赁或抛售的形式进行改革。2001年，庞应虎买断张川村供销门市部经营权后，便把毕生的精力都付诸老店铺，一生奉献，一生收获。

记得小时候，适逢寒暑假在老家长住的日子里，只要天气晴朗，我们几个兄弟姐妹就会三五成群地从老家的小路出发，沿着川道的大马路前往老店铺买方便面、辣条、雪糕、锅巴等各类零食。那时候，老店铺陈列的商品琳琅满目，日常用品、各类副食、百货五金应有尽有。

夕阳西下，农家的烟囱冒出的青烟飘散在空中，路旁的田地里传来蛙声和蝉鸣，我们加快脚步满心欢喜地带着好吃的食物往家的方向走去，忽闻犬吠声从不远处传来，吓得我们赶紧绕道而行，弟弟还从农家地里捡来两根柴棍子作防身之用，再回头，看不见狗听不到叫声，这才把柴棍子扔掉，身后只留下一连串的笑声回荡在空中。

久而久之，老店铺便成了我们童年时候的“百宝箱”，每次回到老家，嘴馋或者路过的时候，我们都会光顾老店铺。

老店铺不仅给我们的童年时光带来快乐，还给乡亲们带来了便利。张川村属子午岭边缘丘陵沟壑区，这里交通闭塞，生产落后，村子里的人家除了适逢集市的时候会去乡镇上采购物品，平日里缺少什么生活必需品就会到老店铺里去购买。

2012年，新修的新南公路平坦宽阔，路旁栽种的行道树绿荫如盖。路好了，车通了，农业生产有了新技术，村里致富有了产业，村里的面貌发生了翻天覆地的变化，人民生活水平节节高……

时代在进步，生活在变化，而唯一没变的是庞应虎的初心。

今年回老家的时候，我又一次去了老店铺，忽然发现，老店铺部分东西已经被淘汰，但是“老庞”却把它当作宝贝似的稳稳妥妥地放在柜台里；老店铺的生意虽然早已不及往昔，但是服务的质量却丝毫不马虎。

四十多年以来，“老庞”每日就这样守着老店铺，规律地生活。老店铺既见证着时代的变迁，又承载着往昔的记忆。“老庞”告诉我，周边也没有人再经营门市，虽然交通便利了，但是乡镇街道距离村子更远了，大家买东西也更不方便了。他坚持开着店铺，只要每天有一个顾客光临，他的心里都是高兴的，店铺的存在也就有了意义，而且他和这个店铺相处了大半辈子，不为赚多赚少，只因早已和它有了感情。

如今，村口已不是那个村口，土路也不是那条土路，但是，天空还是那片天空，故乡的太阳还在，故乡的温暖还在。

“老庞”守护着的老店铺是几代人的记忆，老店铺承载的情怀让人动容。

我和小镇

我好像才睡了一会儿，就被汽车的引擎声、农用三轮机的轰隆声给吵醒了。起身来到门外，我看见门前大树的叶子已经开始凋落，阳光稀碎零落地从树缝中打下来，小镇已经充满了秋天的味道。人来人往的街道上摆满了各种货物和各类食品蔬菜，小镇的集市就在一声一声的叫卖声中热闹起来了。

据《华池县志》记载，宋时蕃部内附，范仲淹筑此城纳之，起名为“业乐”，即安居乐业之意，后人将业乐俗传为“悦乐”。是的，我口中的小镇名字就叫悦乐。

小镇的集市每五天一次，集市上除了小商贩卖的瓜果蔬菜、粮油茶品，还有来自小镇附近各乡村的百姓挑着箩筐或者推着三轮架子车盛放的自家产的瓜果蔬菜，他们在集市上寻找一个显眼的位置开始一天的生意。晌午一过，赶集的人就会陆续来购买他们需要的物品。“妈妈，我想吃棉花糖，好大的棉花糖。”寻声望去，熙熙攘攘的人群中一个小姑娘拽着母亲的衣角，嘴里不停地喊叫着。再看那位做棉花糖的大叔，手握一根竹签，顺时针旋转，均匀地将糖丝一圈一圈地缠绕到竹签上，不一会儿，一个大大的棉花糖就做成了。小姑娘把棉花糖拿在手里，欢快极了。

往前走，小镇的北头有一个小广场。一遇到集市，小广场会变成一个农贸市场，聚集着各种家禽牲畜，鸡鸭骡马牛羊一应俱全，各种买卖声混着这些动物的叫声，呈现出一派繁华热闹的景象。

我在小镇出生，小镇看着我长大。

我在小镇上完了幼儿园、小学、初中和高中，小镇伴我度过了15年的春秋和冬夏。小镇的幼儿园和小学只有一墙之隔，我是在幼儿园院子里的滑梯和跷跷板上玩耍到7岁时，被母亲送到了小学。小镇的小学叫“悦乐小学”，我在那里上课、考试、升级，度过了我的小学时光。那时候高耸挺拔的白杨树围绕了操场一圈，风刮过时，密集的树叶簌簌作响，为我们带来丝丝清凉。冬天教室用炉火取暖，班里的同学都会背着一小捆自家的柴火为班级贡献力量。随着小镇的发展，现在悦乐小学已经变成了高楼，楼内安装有空调，孩子们冬天不用再背着柴火用火炉取暖。

随着光阴流逝，我渐渐长大，小镇也在时代的浪潮中不断变化。记得十多年前，小镇的水渠一遇到下大雨就涨满了水，这时我和小伙伴们便会乐此不疲地打着雨伞，穿着雨鞋将双脚放在水中来回摆动。有一年夏天，刚下过大雨，一个阿姨刚给孩子新换了衣服和鞋，孩子为了玩水又坐在水渠边上，气得阿姨边训斥孩子边拉着她又回家换衣裳。如今，小镇的水渠早已不见，取而代之的是一条条新修的下水道在地下连接着各家各户。

小镇的平板房慢慢地变成了小洋楼，每户人家的房子都宽敞明亮起来。在我童年时期，我们一家人通常会挤在一个房间睡觉，我和弟弟会在一个写字台上看书写作业。等我们再长大一点，因房屋太旧，父亲便将它重新盖起，我们才有了自己的天地，所有的物品也有了归属。而小镇，就像一个旁观者坐在这里含笑不语。

小镇真是一年一个样，越变越有样。

小镇有两家特色美味，一个是悦乐小学对面阿姨家的凉皮，一个是大胡子的羊肉，它们都在小镇享有盛名。过路人不赶时间的话都会刻意在小镇驻足，来一碗凉皮开开胃或者来一碗羊肉解解馋。

但是，小镇有一个地方无论经过怎样的风吹雨打都不会变，那就是我家门市部对面的革命烈士纪念塔。此塔为石砖垒砌，塔顶呈尖形，四角各出一龙头。两侧镶有对联，上联是“杀身成仁音容宛在”，下联是“舍生取义英名永垂”。据记载，此塔是1950年当地群众为了纪念革命烈士自愿投工献料，修建而成。我上学那会儿，每年清明，学校都会组织学生们来到此塔前敬献花圈和宣誓。

漫步在秋日的小镇，抬头忽觉阳光舒朗明媚，再看看小镇，就像自己在慢慢长大又慢慢老去一样。不，小镇是不会老的，小镇只会越来越精神，越来越年轻。

旧村落、老房子、石子路、小河流、大麦场、菜园子，还有我挚爱的亲人，都在这里。

爷爷的旱烟锅

爷爷今年80岁了，除了奶奶，我想，如今他最离不开的就是他随身携带的旱烟锅。

奶奶常常说："我们年轻的时候家里穷，买不起纸烟，你爷就常常抽旱烟。后来，你伯父和你爸出去工作之后会拿回来一些盒装的烟，你爷爷却抽不习惯，依然用他的旱烟锅吧嗒吧嗒地抽。"爷爷的旱烟锅看起来并不精致，烟锅头已生了点铜锈，烟锅杆因为年久看起来颜色暗沉，装烟叶的袋子是奶奶用普通的布料缝的，拿松紧带束着袋口绑在烟锅杆上以防丢失。爷爷常年将旱烟锅装在兜里，视其为珍宝。

前些年，爷爷身体硬朗，每年春季，他和奶奶除了在厚厚的黄土地上播种谷物、经营菜园之外，还会在离压碾存放谷物的大场不远的地方栽植一大片烟叶。爷爷是个勤快人，每天黎明时分，他就起床开始忙活着给烟叶松土、浇水、施肥、打农药。爷爷经常告诉我们，早起的鸟儿有虫吃。在他的精心照管下，绿油油的烟叶一天比一天长得高。奶奶也跟着忙活起来，帮着爷爷采摘烟叶，他们将采摘好的烟叶存放在箩筐中一担一担地挑回家，用长长的线将烟叶串起来挂在门栏、土墙等一切可悬挂的地方晾晒。等叶片变黄变干变脆的时候，爷爷用手将烟叶揉搓成粉碎状，至此烟算是做好了。这时候，爷爷可富足了，揣在他兜里的烟叶袋常常是鼓鼓的。

爷爷还有一本生意经，他栽种的烟叶除了供他自己抽，还可以卖掉一部分赚些零花钱。记得那些年，爷爷经常会将一整袋子烟叶捆绑在自行车后座上，然后骑行至集市上卖。在集市的街边，爷爷将袋子铺在地上，摊开烟叶，然后坐在他带来的马扎上抽着旱烟等着顾客。一会儿，和爷爷一样年龄的老人就会三三两两地围过来研究烟叶，他们时不时捧起烟叶闻一闻，时不时夸爷爷的烟叶种得好，然后你几斤他几斤地照顾着爷爷的生意。爷爷也乐在其中，遇到会抽烟的熟人会装一些让其拿回去尝一尝味道。

爷爷爱抽烟，抽了一辈子，奶奶埋怨了一辈子，也心疼了一辈子。爷爷睡觉的时候抽烟，常常是一大早醒来还没起床，就会先摸着他的旱烟锅抽几口，奶奶责备他不注意身体，他也不在意；爷爷干活的时候也抽烟，他的旱烟锅时不时地吐烟圈，奶奶的责怪声总是不绝于耳；爷爷看电视的时候也抽烟，吐出来的烟雾会让人觉得呛鼻，就被我们集体“非难”，此时，他就像一个做错事的小孩，立即熄灭烟锅头里的烟叶，乐呵呵地笑道：“不抽了，不抽了……”

后来，爷爷的旱烟锅因为年代过久终被淘汰。有段时间，爷爷经常要我们把写完了不用的作业本给他带回去，我这才知道，原来他还可以这样抽旱烟：将一张纸裁剪成长方形，将烟叶放在纸上，再把纸的一角卷起来，一支棒状的烟就形成了。尽管爷爷没有了旱烟锅，但也并未影响他抽烟的兴致。

参加工作以后，我为爷爷重新买了一个很精致的旱烟锅，他逢人都会炫耀，说是孙女买给他的，不知道爷爷是否还能像用之前的旧烟锅一样抽得习惯。

荞麦糁子凉粉鱼

直到今年盛夏来临前，我都没有想过这种吃吃喝喝的日子如今会成为我的念想。

老家的旧院落还在的时候，每逢寒暑假或者节假日我和弟弟都会回老家长住。那时，奶奶身体还算硬朗，除了把大门外的菜园子打理得井井有条，她还把大门里的土院打扫得干净又整洁。每逢夏日，爷爷在宽敞的土院里用各种柴木棍棒围起一个小菜园，奶奶就在里面种各种蔬菜。阳光炽热，绿叶葱茏，蝉鸣鸟叫，鸡啼狗吠，一派夏日里特有的燥热和喧嚣景象。这时候，奶奶就会做凉粉鱼为我们消暑解馋。

别看光溜溜的凉粉鱼喝起来丝滑可口，做起来还真是大费周章。如果我们想喝凉粉鱼，奶奶前一天就会把荞麦糁子放入水盆里浸泡，这样在压碾的时候就省力多了。第二天吃完饭，奶奶会把泡好的荞麦糁子放在大大的案板上，用一个圆瓶或碗将荞麦糁子分成若干份并将其碾碎，边蘸着水边反复揉搓，直至面团非常细腻不会黏手。

老家灶台上面有一大一小两口锅，大锅直接固定在灶台上，不可移动，奶奶做凉粉总是用这口大锅。要想做出可口的凉粉，火候也很重要，火太大会煳焦在锅底，火小了会半生不熟。奶奶通常把水烧开后先调好火候，再将碾好的荞麦面中倒水调成糊状，用箩过滤到锅里，拿擀面杖顺着一个方向不停地搅动，直至凉粉熬熟，这样做出来的凉粉才能光滑顺溜。出锅的时候，奶奶先将一部分凉粉用勺子盛放在碟子、盆子中晾凉，另一部分用一个全是洞眼的小器皿漏到一个盛了大半盆凉开水的盆子里，这样，凉粉鱼就做成了。

一碗好喝的凉粉鱼必须要有好的调味料。这时，奶奶的小锅就派上用场了，她把大锅底的柴火往小锅底推推，再加一把麦秸，小锅底顿时火光四射。奶奶经常先是炝一小碗辣椒油，然后炒一碟韭菜，再加水用姜粉、花椒、盐、味精、小蒜做酸汤，蒜泥、香菜自然必不可少，当然，还可以根据个人口味加入自己喜欢的佐料。我和弟弟一天下来能吃好几碗凉粉鱼，吃得太撑了，就出去蹦跶几圈，回来了再来一碗。奶奶乐呵呵地说："别家的娃娃能干活，咱们家的娃娃就是个吃。"

上周末回家，母亲用豆粉做了凉粉，虽然也很光滑可口，但却没有奶奶做的那种味道。

咸　菜

冬天来了，奶奶的菜园由浓郁的绿色变成了枯黄色。周末回到老家，奶奶又在田地里忙活着收拾一些剩余的白菜和萝卜，她说要腌些咸菜让我带给母亲。

腌制咸菜是留在我记忆中的一件大事。在北方，为了度过漫漫长冬，腌制咸菜成了每家每户必做的一件事情，就像过年的时候，家家户户都会为了迎接新年而准备充足的美食一样。在我的记忆中，每每深冬时节，咸菜和洋芋就会成为北方人家庭中必备的两样菜品。那时候，没有便利的交通和先进的温室培育技术，冬天，家庭的餐桌上看不到新鲜的果蔬。如今，随着时代的进步，科技的发展，道路的畅通，家庭收入的逐年提高，人们在任何时节都能吃到新鲜美味的蔬果。但是，对北方人来说，咸菜仍然是每个家庭餐桌上的“常客”。

奶奶每年都会为我们腌制不同的咸菜。初秋的时候，她会用大小不同的坛罐泡制辣椒、豆角、芹菜、萝卜、小白菜，因为这时候天气还比较热，寒冷还未来袭，不能腌制太多，否则会因为温度过高而变质，所以只是泡一些小菜解解馋。等到深秋，气候变冷，温度降低，大白菜和小白菜就会被奶奶塞进一个又一个大缸里，然后用一块大石头压着，完全浸泡在盐水之中，这样做出来的咸菜不仅口感好，而且不容易坏。奶奶告诉我，腌菜的主要技巧在盐的用量上，白菜被切成几等份一层一层放进菜缸后，白花花的盐也会被一层一层地撒在菜上，发出簌簌的声响，好像雪在消融。当一缸腌制好的咸菜被严严实实地盖上盖时，奶奶的心才会踏实下来。

北方人爱吃各种面食，冬天吃面的时候，一碗热腾腾的面条配上一小碟咸菜就会使面条锦上添花；北方人早晨爱喝粥，一小碟咸菜配粥看着都让人觉得清新别致；在北方的宴席上，往往会有几道看似黯然失色的咸菜放在旁边相照应着，但实则却如一部歌剧在结尾时的袅袅余音，它们呈现着旧时阳光的那种温暖与美好，令人回味。

先生不知道什么时候站在我身后，看我在一字一句地叙说咸菜，忽然激动起来。他告诉我，上初中那会儿，每到冬天，他就会背着母亲做的烙饼和一罐头瓶用辣椒油炝过的咸菜走三十里路去学校，那些烙饼和咸菜就是他一周的伙食。有一次，一个同学要用馒头换他的咸菜，他都没舍得，因为母亲用辣椒油炝过的咸菜特别香，现在想起来他都垂涎欲滴。

现在，又到了北方人吃咸菜的季节。虽然餐馆里众多菜品令人眼花缭乱，但总会有人嚷嚷道，“有没有咸菜？来碟咸菜！”寒冬过后，缸里的咸菜会一天一天变少。待咸菜吃完时，北方人便会迎来又一个更加明媚的春天。

搬 家

原来爷爷奶奶舍不得的不是那些东西，而是他们一辈子用生命创造的每一个故事和用力气拼搏出来的回忆。

2012年的春天，修建南梁二级公路的时候，老家的院落被征用，垂暮之年的爷爷奶奶生活了一辈子的地方面临着拆迁，父亲把两位老人接到了身边。全家人带着满心的不舍一点一点地将搬出的东西往农用三轮车上装。爷爷不断地在房间里翻箱倒柜地搜寻整理，生怕什么宝贝被遗漏了似的。忽然，一个绿色条纹的塑料娃娃摔在了地上却又立了起来，这个不倒翁是我幼年时最喜欢的玩具，虽然成年之后被我忽略了好多年，但一直以来我们都舍不得扔掉。这次搬家，爷爷依然带着它。

老家的大门外有一个菜园，里面种着好多棵苹果树，听父亲说，这些树有二十余年了，每年都硕果累累。看到这些苹果树被爷爷用铁铲和锄头一棵一棵地挖掉，心里真不是滋味。园子旁有口水井，井水充沛、甘甜，一度给我们带来很多的便利，因为园子被征用，这口水井也终被黄土掩埋。

爷爷从放置粮食和劳动工具的窑洞里搬出锄头、镢头、簸筐、簸箕、铁锨、铁犁等许久未用的器具。我忽然记起初中历史书上学习农耕文化时的一张插图，想到如今在机械化时代，这些器具被淘汰是毋庸置疑的，可爷爷奶奶依然舍不得丢弃，毕竟他们用这些器具哺育了一代人。

在爷爷的旧窑洞里一直挂着一盏煤油灯，那是爷爷的宝贝，虽然现在电灯更加方便、干净，但煤油灯一直陪伴他老人家到现在。爷爷从旧窑洞的后面搬出一个长方形立体木箱，农村人称它为“风箱”，奶奶用它为一大家人做出了一顿又一顿可口的饭菜。父亲和弟弟还抬出了整整一箱子的书籍和图纸，这是伯父和老爸年轻的时候用过的，一张张泛黄的纸页在阳光下散发出陈旧的味道，我想这也是他们生命走过的痕迹。

离开的时候，这些陈旧的东西被爷爷带走了很多，我们当时有诸多不解，因为对于爷爷来说，这些东西根本用不到了，现在，我大概理解了，他们丢不掉的其实是牵念了一辈子的东西。

2015年，父亲在老家的土地上又重新盖起了房屋院落，爷爷奶奶执意要回家。父亲顾念老人年龄大了，留在身边方便照顾，可是爷爷很固执，当时，我们不理解他坚持回家的想法，虽有埋怨但还是尊重了老人的意愿。

现在，每到假日回家看望爷爷奶奶，看到他们在故乡这片宽广的土地愉悦闲适地安享晚年，我终于理解，他们和黄土地打了一辈子交道，这里的一山一水、一丘一壑、一草一木都和他们有着深厚的感情，只有这里，才是他们的家。

布谷鸟的叫声

“咕咕，咕咕……”下班途中，听到公路两旁繁茂葱郁的树林里传来了布谷鸟婉转的叫声。我的乡愁像泄闸的洪水，排山倒海而来。

十年前的故乡，是一个古老而又静谧的村庄，没有车辆喧嚣，没有人流往来，站在高高的园子畔可以看到长长的石子路延伸到远方，直至拐弯处消失不见。故乡的夏天，黄昏久久徘徊不去，就像一曲舒缓的旋律，悠扬的音符在西沉的晚霞中轻柔飘荡。放眼望去，在余晖的映照下，一波又一波的麦浪在夏日清风的吹拂下此起彼伏。布谷鸟从远处飞来，在天空划过，扔下几句“咕咕，咕咕”，一掠而过，又飞到远处的山林里，一声一声，催着麦子快熟，等到麦子黄梢，它就飞走了，又到其他地方忙去了。

忙碌的人们听到这有韵律的声音，脸上泛起了笑容，心里溢满了幸福，他们知道这叫声在召唤着他们赶紧收割麦子。奶奶笑着告诉我，布谷鸟说的是“快黄快割，快黄快割”，意思是麦子熟了，让我们赶紧行动起来割麦子呢。

据说布谷鸟被称为催工鸟，也是报春鸟，它的叫声代表着春天和希望。在春天的时候，它的叫声伴着远处飘来的各色花香，催促着农人赶紧播谷、耕种。

布谷鸟因声得名，是杜鹃鸟的一种，又叫大杜鹃。在我们古老悠久的农耕文明里，布谷鸟被誉为帝王之鸟。唐代胡曾《成都》诗云："杜宇曾为蜀帝王，化禽飞去旧城荒。年年来叫桃花月，似向春风诉国亡。"相传商朝时蜀王杜宇号称"望帝"，禅位后退隐西山，死后化为此鸟，也成就了李商隐的《锦瑟》名作："锦瑟无端五十弦，一弦一柱思华年。庄生晓梦迷蝴蝶，望帝春心托杜鹃。沧海月明珠有泪，蓝田日暖玉生烟。此情可待成追忆，只是当时已惘然。"

虽然听惯了各类鸟叫蛙鸣、鸡啼犬吠，但我却单单对布谷鸟的叫声情有独钟。

炎炎夏日，大人们挥着镰刀，戴着草帽，热火朝天地割麦，我和弟弟则提着水壶来到麦场给大家送水。"咕咕，咕咕……"，布谷鸟的叫声不知又从哪里传来，奶奶盘着腿坐下来边喝水边告诉我们说，还有一种布谷鸟，人们叫它"王岗鸟"，春天和夏天的夜晚，总能听到远处的山林里，传来一声声"王岗哥，等等我"的叫声，绵远、悠长，含着无尽的悲伤。

这里有一个关于"王岗鸟"的故事。一个夏日的傍晚，一个后娘给一亲一疏两个儿子每人一把麻籽，让他们到山上种，谁种的麻籽长出来，谁回家；种不出来，就不能回家。两个儿子走在路上，尝吃麻籽，弟弟说："哥，你这麻籽咋这么好吃呢，咱俩换换吧。"谁知后娘给老大，即不亲儿子的是煮熟的麻籽，换了以后，哥哥种的麻籽长出来了，弟弟种的却长不出来，回不了家，后来就死在山上，化成了一只鸟，整天喊着哥哥的名字——"王岗哥，等等我"。

长大一点，每当春夏之交，听到“咕咕，咕咕”的声音，我都会给身边的朋友讲这个故事。那时候我不理解这只是老百姓善恶因果思想的一种反应罢了，还为故事中的“弟弟”伤心了好一阵子。

“咕咕，咕咕”，现在每次听到布谷鸟的叫声，就像是又回到了我们拿着水壶和草帽在田野里追逐的少年时代，回到了大家在金色的麦浪里汗流浃背地割麦脸上却堆满笑容的年代……

我的小脚外婆

外婆离开我们已经三年多了。

自2018年起，外婆躺在炕上生活不能自理，每逢周末或节假日，我都赶去看外婆。

临近中午，我赶到家。外婆静静地躺在炕上，阳光透过玻璃窗照进屋里，很是暖和。她看到我来了，嘴里含糊不清地嗫嚅了一句。

外婆在生命最后的日子里还是很爱干净，每天坚持要洗漱、梳头。家里人说，外婆估计熬不过这个冬天了，我用手摸着外婆的手，干枯的躯体只剩下皮包骨。这是我最后一次见到外婆。

三天以后，外婆去世的消息传来，母亲说，她走的时候眉目安详平和，就像睡着了一样。

外婆出生在20世纪30年代，是民国时代的小脚妇女，在陇东山区的一个小村庄长大。4岁那年，受封建传统观念束缚的家庭，迫使她不得不经受痛苦的“缠脚”折磨。那些年月，女娃娃不缠脚就意味着不听祖训、没有家规、不守孝道，长大以后没人敢娶。在这种思想的影响下，外婆和所有女孩的一双好端端的脚丫硬被缠成了所谓的“三寸金莲”，身心受到严重摧残，但外婆顽强地站立在黄土地上，用自己勤劳的双手抚养八个儿女长大成人，在人生道路上走出一片新天地。

外婆7岁丧父，8岁丧母，与大她两岁的哥哥相依为命。

男大当婚，女大当嫁。外婆17岁时，经媒人说合许于钟家。那时的婚姻都是父母之命、媒妁之言，本人无权干涉过问，也没有见面相亲看家道那一说，男女授受不亲更是民间一大铁律，谁要违犯此铁律，谁就是大逆不道。女娃娃更不能提问找婆家的事，一旦有人提说，就羞得像做了贼似的不知该往哪儿藏。外婆也不例外。她不知道外公长什么样，是怎样一个人，身体是否健康。1948年秋，在家里的操持下，外婆惴惴不安地出嫁了。

结婚以后，外婆白天去田里割菜割草，回到家还要烧火做饭，照料家里的园子，忙得那双小脚到了晚上常常肿得红红的，就用热水泡泡解解乏。入夜，等孩子们都睡下了，她在煤油灯下，还要给家人缝补衣裳，纳鞋底，做刺绣。因为家里儿女众多，生活穷困，外婆时常会问人家讨要不用的布条、布块拼成衣服。只要一拿到布块，她哪怕不睡觉，也要清洗干净缝制成衣服让儿女们穿，常常是“老大穿了老二穿，老三老四补补穿；老五老六没法穿，再缝再补继续穿；老七老八不想穿，妈妈催着还得穿”。而且外婆认为，穿百家衣的小孩“不易生病长得乖，吃饱肚子跑得欢”。到了20世纪80年代，生活有所好转，再贫穷的人家也能给自己的孩子买得起两件新衣服，可外婆还是坚持缝“百家衣”送给孙儿孙女们穿，用她的话说，“不要小看这一绺绺布带带、一方方布渣渣、几根根粗线线做成的棉夹夹，娃娃穿上暖融融”。

外婆虽然没读过书，不识字，但是她灵敏的艺术天赋使她的生活有了更大的乐趣。天上的飞鸟、地下的昆虫、山里的花草、水中的游鱼……都是她创作的灵感，看到什么画什么，画下什么绣什么。她一生为别人画的纸缸、笸篮、枕头、鞋垫、针扎、肚兜等花样不计其数，为亲戚和孩子们做的刺绣枕头、香包及各种动物鞋帽数不胜数。

外婆对儿女们的爱也饱含在她一针一线的刺绣作品上。20世纪70年代中期，四姨考进华池县毛泽东思想文艺宣传队，经常练功出汗，外婆怕四姨长期穿胶鞋脚底受凉，特意套制了几双厚鞋垫让她换着用。这一双双看似普通的鞋垫，却有外婆独特的用意。她说，四姨出去学艺，意味着家里出了一个脱农门进公门的人，是全家人的喜事。她心里高兴，刻意套制了一双“梅花笑迎喜事临，喜事围着梅花转”的鞋垫，还嘱咐四姨：“寒从脚起，女娃娃脚底不能受凉，不然会影响以后的生活。”

在我的记忆中，外婆家有许多小鱼坠子，以前只知道外婆对鱼格外喜爱，后来才从四姨的口中弄明白，鱼是“余”的谐音，外婆希望粮食、衣服、钱财等年年、月月、天天都有余。

那时，生活用品匮乏，外婆做刺绣的用料很有限，只是一些平常的绸缎、哔叽、贡呢或老粗布；外婆再用自己养下的蚕抽下的丝，捻成双股丝线，染成五颜六色慢慢绣制。长一针，短一针，粗一针，细一针，针针连着一个母亲对生活寄予的希望和对儿女们的爱。

外婆的一生扛起了很多重担，也用善良温暖了家人四邻。据母亲回忆，家里的崖畔上经常发生蛇捉麻雀时不慎掉到院子的情景，惹得鸡、猪、猫、狗叫个不停，吓得全家人不知如何是好！外婆在这一刻镇定自若地说：“不用怕，蛇是女娲神，是人类的祖先，它不会伤人和害人，还会给人带来好运和财运。”外婆边说边庄重地跪在地上给蛇叩头，之后拿起一根长木杆，慢慢地吆蛇回家，“神奶奶你真好，来家看我特好。山又高，坡又陡，你老回家路不平，坐我木轿送你走，说说笑笑游一回。”

外婆不辞辛劳地踮着一双小脚挑它到最高的山头，蛇看外婆不但不打不骂不伤她，还用“木轿”送它回家，便顺从地缠在木杆上，一到山头，就刺溜滑下来摆动着身体不辞而去，外婆这才安心回家。

2020年9月11日是外婆的三周年祭日，许多专家学者、工匠大师、亲朋好友发来了挽联和唁电，表示对外婆的追祭与哀悼。其中，中国民间文艺家协会副主席苑利给外婆这样题字：“一代巧娘白玉玲，会刺会绣会剪会刻针针剪剪传手艺，能写能画能塑能编笔笔划划播文明。”

外婆虽然离开了我们，但她却活在每个家人的心中。

过 年

早起拉开窗帘举目望去，外面已成了银装素裹的世界。这场雪的到来提示着人们，过年啦！是啊，又要过年了，被大雪压弯的树枝似乎也在抖动着春的喜悦。

每年都想记录一下春节这个盛大的中国传统节日带给我们的喜乐，可是，临近年关，却又觉得年年岁岁花相似，岁岁年年人也同，便不了了之。今年，因为安吉的出生我还是想将自己的愉悦通过文字记录下来。

我的老家在农村，结婚之前，我和弟弟每年都会回老家陪爷爷奶奶过年。过了腊月初八，奶奶就会张罗着炸各种油果，同时请来姑姑帮忙，我也会参与这个烦琐复杂的美食制作过程，糖角角、麻花、面圈、油饼……一应俱全。奶奶常夸我包的糖角角好看，所以包糖角角便成了我的主要任务。

年三十，家家张灯结彩，人人喜气洋洋。等我长大一点，爷爷便把贴对联的任务交给了我和弟弟。前些年，粘贴门画和对联不用胶带胶水，用的都是奶奶用面粉熬成的糨糊。老家有一个大门两间房四孔窑洞，每个门都要贴上对联。弟弟踩着凳子调整着对联的位置，我在下面告诉他高低左右位置。

日落黄昏，空气中弥漫着冬日里艾蒿、玉米秸秆焚烧出来的特有的烟味。爷爷准备了一些柴火放在院子里供奶奶做年夜饭用，奶奶炖着一锅飘香四溢的鸡肉，还要做一碗美味的拉面，随后再准备几个我们爱吃的菜，除此之外，还有糖果、花生、瓜子、水果和饮料。

夜色渐浓，墙面上的时针滴答滴答走过一圈又一圈，八点钟打开电视，伴随着热闹的歌曲和舞蹈，春晚开始了，我们围坐在暖炕上边享用美食边看电视。夜空下，万家灯火在黑夜里闪烁着，映衬着白白的雪，乡村的除夕之夜充满了祥和与宁静。

十二点的钟声敲响，那是我们最开心的时刻，虽然烟花没有那么多花样，却也让我们满心期待。大家一起来到院子畔，爷爷和弟弟一人手里拿着一根柴棍子远远地点燃炮眼，瞬时，几束火光倏地一下蹿到空中绽放开来。我们抬头看着星空，好像看到了从天际划过的流星。

昨晚回家，爷爷正在院子杀鸡，奶奶准备包饺子的肉馅。房子上空袅袅炊烟，电线杆子上停歇的麻雀发出啁啾的叫声，院子里放着一筐又一筐爷爷种的土豆，眼前似乎又浮现出多年前奶奶在菜园子里浇水施肥，爷爷在地头挥着锄头的情景；似乎看到那湛蓝的天空和明媚的阳光；似乎感受到吹过耳旁的微风，还有那从指缝间溜走的光阴。

如今过年，和先生带着孩子回老家也别有一番乐趣。雪停了，太阳出来了，坐在院子里摸着猫咪，晒着太阳，享受春节的美好时光。我想，等安吉再长大一点，我就可以躲在时光的角落里，给孩子讲我儿时过年的趣事。你听，外面又有鞭炮声，新的一年大家准备好了吗？

那块地

老家门前有块地，不大，地里种的庄稼随着四季的变化换了一茬又一茬。

春耕。地里有一行行白色的薄膜。

82岁的爷爷闲不住。清明过后，他的心就开始按捺不住了，催促着父亲帮他买肥料买薄膜，他又要开始料理这块地了。家人都劝说他别种玉米了，要注意身体。他老说，庄稼人门前的地荒着不好看，别人看见了笑话。

天刚麻麻亮，爷爷就装好了烟锅袋子来到地里，开始清除杂草、翻整土地，奶奶则在院内的厨房烹煮着饭菜。

“昔日春耕遍地牛，扶犁叱咤喝声吼”，这是多年前庄稼人的真实写照。爷爷年轻的时候种了好多地，家里有黄牛，有犁，有镢头……春播逢谷雨，一场雨过后，土地湿润，墒情大好，爷爷就吆牛扶犁，开始一个庄稼人的农耕作业。今年，爷爷过82岁生日的时候，我带着孩子回去，远远看去，门前的地里覆的一行行白色的薄膜和红瓦白墙的院落相衬，在青山的掩映下，像是一幅美丽的乡村画卷。

夏耘。地里有一排排绿叶包裹的玉米。

盛夏，爷爷在这块地的沿路边种了色彩斑斓的大丽花、雏菊，引来蝴蝶御风而动，翩翩起舞，引得蜜蜂忽上忽下，来回穿梭，嘤嘤嗡嗡，不停地歌唱。地里还有条奶奶喂养的狗，爷爷给它搭了棚，每当有陌生人经过，它就会支起耳朵，警觉地轻吠！而家人经过时，它却趴在窝里从不起来。

骄阳炙烤着这块地，但地里的庄稼却长势喜人。爷爷看着地里的庄稼从破土而出的幼苗到长得笔直高挺，像列队的士兵，嘴角露出了满足的微笑，拿出他的烟锅坐在大树底下吧嗒吧嗒抽起旱烟来。歇息一会儿，爷爷抽完了一锅旱烟，戴着草帽又开始弓着背弯着腰拿起锄头一下又一下地清理着玉米行道的杂草。烈日当头，周遭静谧，时不时可以听到蛐蛐的叫声和蝉鸣，庄稼人会在这个时候选择午睡一会儿，爷爷也一样，回到家，奶奶一边泡着茶，一边责备爷爷干得太久，要是腰疼腿酸该如何是好，爷爷倒是乐呵呵地说："人啥也不干才容易生病哩。"

夏天的月夜，温柔的月光洒满了田野，蛙声如潮，响遍山涧，爷爷奶奶会在这时候拿着蒲扇在院子里乘凉聊天，直至睡意来袭，他们才会回到屋里沉沉睡去。

秋收。地里有一排排玉米秸秆，上面结有饱满金黄的玉米棒。

爷爷在这块地上耕种，也在这块地上收获。

一排排金黄的玉米在成熟的秋天像一个巨大的棒槌，头顶还留有老爷爷一般的红缨，等它完全成熟，粒儿突破苞壳的束缚，露出金黄的牙齿，庄稼人就又要开始忙了。每年秋收季，父亲就会回去帮着爷爷掰玉米，空闲的时候，我们也会回去帮忙掰玉米，享受秋日收获的喜悦。

秋高晴空远，白云朵朵飘。走在地头，看到别家地里小孩都戴着手套穿过玉米行帮着父母一起掰玉米棒子，时而驱逐打闹，时而喜笑颜开；再看远处的田间，分明听到机械的轰鸣声传来，原来是收割机发出的声音，几十亩上百亩的庄稼再也不用人们俯身弯腰收割搬运。

冬天的田野，以苍穹为被，一堆堆褐色的玉米秸秆堆在地里，静谧而安详。昔日生机勃勃的田野已在寒风中变得无精打采，没有了往日的精神头。远处电线杆上几只麻雀，在空中飞来飞去，久久不愿离去……

冬日一场大雪过后，整个大地仿佛盖上了一层棉被，朔风席卷着玉米秸秆的枝叶发出飒飒的响声，仿佛积蓄力量召唤着春天的到来。

盼　春

三月，这是专属于春天的月份，“阳春布德泽，万物生光辉”。我想，春天本身就是一个美丽绚烂的季节，微风不燥，天空湛蓝，枝头间绿意葱茏，百花争奇斗艳包裹群山。不管是孩童还是少年都洋溢着幸福的笑容，双脚有力地奔跑在我们共同生活的这片热土上，他们拉扯着手中紧握的风筝，就像放飞着他们的梦想一样。

元宵节前夕，我离开了居住的小城，回家陪伴父母，看望爷爷奶奶。天色渐渐暗下来，回到老家已经可以看到忽明忽暗的星空，我和弟弟拎着汤圆走上奔赴家的小路，想起那句“月是故乡明”。是的，这里有我们童年的幸福时光和快乐记忆，有祖辈生活成长的痕迹，有我熟悉的山川大地及星空明月，有爷爷奶奶挥着锄头在田间劳作的背影和流淌的汗水，有那些质朴的岁月……我们现在把这个地方叫作老家。

敲开大门，奶奶看到我们格外吃惊。我们走进院子便闻到了爷爷烧炕的时候从烟囱里逃窜出来的浓浓的烟火味道，屋子里猫咪蜷卧在叠好的被子边上，爷爷在吧嗒吧嗒地抽着旱烟。奶奶不停地说已经很晚了，明天是星期天，明天再走。可是我知道，无论奶奶怎么挽留，我们都会离开。我不止一次地质问和思考：我忙吗？举目远眺，天是黄的，地是黄的，路两边的艾草也是焦黄的。在浮躁的内心里，到底是什么促使我不能留宿在这里陪伴我挚爱的人，我留给我生命里亲人的时间太少了。

站在马路边，风吹过来让人忽觉惬意，低下头才意识到，黄土高原漫长的冬季随着春节的过去也将要逝去了，扑面而来的是和煦的春风，天地万物都积蓄着能量等着在不久的将来孕育出新的生命。

母亲的前半生

家里的相册中，夹着这样两张老旧的照片：一张是黑白照，一个二十岁出头的少女扎着两条黑色的辫子，青涩稚嫩的脸上露出喜悦的笑容；一张是彩照，照片略微泛黄，一个身穿褐色毛呢大衣、头发微卷的女人站在西峰小十字百货大楼的栏杆下，脸上泛出红晕。

两张照片中的人均是我的母亲，母亲告诉我，这是她最满意的两张年轻时的照片，也是难得保存下来的照片，她让我帮她重新扫描后再冲洗几张。

母亲出生于1966年，那是个物质极度匮乏的年代，家里兄弟姊妹八个，她排行老七。听外婆说母亲刚生下来瘦骨嶙峋，黄疸严重，村里的人都说这娃估计是活不了，外婆不信这个邪，没有奶水便把白面炒熟了和成稀糊状喂给母亲喝，外婆天天喂，母亲天天喝，最终，用外婆的话说，母亲长成了姊妹五个里个子最高的一个。

母亲虽然只读过初中，但是她很喜欢文字，很擅长讲故事，讲起来有头有尾，有因有果。我记事之前的故事便来自她的讲述。

一

母亲的娘家在华池县悦乐镇大路沿线的一个小村子里，村里一共有十几户人家，都姓钟。在外婆家不远处的小路边，有一棵长了几十年的核桃树。所以，找到核桃树，就找到了外婆家。

外公外婆一生都是节俭持家的人，受他们影响，母亲性情耿直，勤俭朴实。母亲兄弟姐妹多，上有大哥、二哥、大姐、二姐、三姐、四姐，下有一个弟弟，所以，家里的生活窘困拮据。洗衣做饭、下地干活赚取工分、养育子女……外婆在日复一日的辛勤劳作中逐渐变老。母亲看在眼里，记在心上，总是说："你外婆不识字，却用生命在教育我们。"

20世纪90年代初期，辛苦的庄稼人一年到头在土地里刨食，然而可支配的收入少之又少，每家都是掐着指头过日子，恨不得一分钱掰成两半花。

母亲在成年之后的生活虽然有所改观，却依然逃不掉时代和原生家庭赋予她的性格、习惯。如果用一个词定义母亲的前半生，我依然想用"辛劳"二字。

1985年秋天，父母相识于华池县农副产品加工厂，他们先后进厂，母亲说，那是她踏入社会的第一份工作，也是遇到所爱之人的地方。1990年，扎着两条辫子的24岁少女被一个穿着白衬衣、骑着脚踏车的小伙俘获了芳心。

父亲的家在华池县东南面城壕镇的山沟里，那里梁峁纵横，交通闭塞，外婆担心自己的女儿嫁过去吃苦头便不同意，而母亲却有着少女的倔强和忠于爱情的执着，不顾家人的反对，毅然决然嫁给父亲。

据说母亲第一次去见父亲的家人是一个人去的，她在石子土路上骑行了60多公里，风尘仆仆地赶去吃了顿便饭，便和父亲一起返回。路程虽远，但两颗年轻跳动的心却结合在一起汇成了爱情的模样。而父亲每次来到外婆家，一直都前前后后、跑进跑出地忙活着，拾柴火、烧炕、挑水、担粪……作为一个农民的儿子，父亲做起这些活来得心应手。外公对外婆说，小伙是个实诚人，家里人也都是实实在在过日子的。外婆听了外公的话，便也同意了这门亲事。后来外婆老说，母亲是她所有女儿中最享婆家福的一个。

二

1990年，母亲迎来了她生命的“里程碑”。这一年，母亲成为一名供销社职工，变成一名名副其实的售货员，学习打算盘、盘货、记账等关于做好一名合格售货员的诸多事情，忙碌而充实，有了稳定的收入，生活也有了保障。

在我的记忆里，供销社是一个辉煌的地方，也是一个“百宝箱”，针线纺织品、百货日杂、五金交电、糖酒副食、农机化肥等货品应有尽有。母亲说，在计划经济年代，农村物资十分匮乏，凡大点的人民公社只能在人流量聚集之地开设一个供销社，老百姓买个布料鞋面、针头线脑、油盐酱醋之类的商品，到供销社去是唯一渠道，但一般要凭票排长队等候，价格不贵，但限量供应。有时候，逢年过节，供销社里才给每户社员供应一包火柴、半斤陕青茶、一斤碱面、二斤食盐、三斤煤油、七尺平布……自此，母亲在悦乐供销社新堡分销店开始了她的职业生涯，三十年来，母亲的门市部已经成为她生命中不可分割的一部分。

年底，母亲和父亲领取了结婚证，在吹吹打打的迎娶中，在众人的见证下，母亲成为人妻。结婚仪式只需要一天的时间，但过日子却并没有母亲想象得那么轻松。父亲出生于农村，家里并不宽裕。婚姻在让母亲找到避风港的同时，也给她带来了重重压力。她平时除了正常上班，操持家务，结婚的欠账也一笔一笔被她记在本子上。

我和弟弟的出生开始改变了母亲的生活节奏，母亲除了正常上班之外，还要照顾年幼的我们。

生活所迫，她将我和弟弟送回了老家，由爷爷奶奶帮忙照看。从此，一辆飞鸽牌自行车三天两头奔走在来去的路上，一直持续了五个春夏秋冬。

1997年，母亲被调到悦乐镇供销社，我和弟弟也被母亲接到身边上幼儿园，母亲便在这里扎根宿营打下了今日的“江山”。这期间，父亲一直在外地工作，母亲一边上班，一边拉扯着我们，常常无法平衡工作和生活，因此遭受了不少白眼。弟弟小时候体质差，每次啼哭时间过长便会抽搐，母亲便日日在这样的担惊受怕中度过。

1999年，为了适应市场经济发展，供销社面临解体，母亲也面临失业，我们的生活随之发生了翻天覆地的变化。朝夕之间，母亲没有了单位，没有了工资，可日子还是得过下去。“虽然货物是国家的，但工作是自己的，每天整理、收纳、销售这些商品，日子久了，忽然就对它们有了不舍，经过再三斟酌，我还是决定把门市和货物全盘承包下来。”母亲回忆说，“那时候经济特别紧张，还有孩子要照顾，多亏了亲戚朋友的帮助，我才能把门市盘下来，当时盘点的资金都是亲戚帮忙筹集的，那时真是得勒紧裤腰带过日子，进货的时候，因为没有钱，矿泉水才能进几瓶。现在好了，经过这么些年的坚持和努力，孩子大了，日子也好过了。”

自母亲盘下门市之后，家便在这里，母亲又开始为了生活辛苦劳作。摆摊子是母亲常常干的事情，无论是烈日炎炎的夏季还是朔风凛冽的寒冬，母亲都坚持在户外摆摊。母亲虽然很忙碌，但对我们的一日三餐、学习从未懈怠过。我们在小镇的四季中接受教育，快乐成长。

天有不测风云，人有旦夕祸福。2000年9月，北方的天气日渐微凉，秋日丰收的喜悦如少女的笑靥一般美美地绽放且迅速蔓延。可是，我的家庭却经历着磨难和痛楚。那个午后，一个如暴风雨般撞击人心的消息传入我们的耳朵——弟弟遭遇了车祸。我永远都忘不了父母当时听到此消息的神情，惊慌失措，不顾一切地冲向医院。据说弟弟当时是被司机从车底抱出来送往医院的，好在人小身轻，被卷入卡车下时保持着半蜷缩姿势，经过检查只是脚骨折，头部轻微擦伤。

祸不单行，当父母为弟弟的疗养而奔波时，一个晴天霹雳又闪电式地砸向我们——奶奶从山崖上摔了下来。父亲又将奶奶送进了华池县人民医院，为了方便照顾，母亲请求医生将祖孙俩安排在了同一个病房。在母亲日复一日的悉心照料下，奶奶和弟弟的病情都有所好转，最终战胜了病魔。

我时常感恩苍天，还给我一个蹦蹦跳跳的弟弟和至今健在的奶奶。而这些日子，对父母来说，是磨难和考验。

岁月不居，时节如流。母亲日日辛勤打理门市，沐浴着改革开放的浩荡春风，我们的生活日新月异，苦难早已风干。

小镇在变，家也在变。

小镇的平板房慢慢地变成了二层或者三四层的小洋楼，每户人家的房子都宽敞明亮起来。

父亲重新盖了房子，首先考虑的就是厨房，母亲再也不用因为做饭而照看不到门市，我们也有了自己的天地，所有的物品摆设也有了自己的归属，而白发却慢慢爬上了母亲的额头。

三

2009年至2014年间，我和弟弟在省城求学，5年时间里，母亲只来过一次，她说来看看，看看我们的校园，看看我们的宿舍，看看我们的同学，看看我们上大学的样子。2012年，我毕业回到家乡参加事业单位招考，复习过程中，母亲除了要照顾好我的一日三餐，还要默默忍受我的坏脾气。最终，我凭着自己的努力通过了考试。母亲听到这个消息，心里的喜悦无以言表。我知道，这一次，我成了她的骄傲。后来她说，其实她倒不害怕弟弟考不上，因为男孩子还有力气，而如果我没有工作，就要受漂泊之苦。我知道，她舍不得我受苦。

2014年，弟弟在父亲的劝说下，参加了全省“三支一扶”的考试，在千军万马中挤上了独木桥并顺利通过，母亲的喜悦自不用说。

参加工作以后，我和弟弟先后结婚生子，母亲做了外婆、奶奶。现在，她常常对我和弟弟说的一句话便是：“你们现在是赶上了好时候，有吃有穿，还能做各种自己喜欢的事情。”《人民日报》曾有一篇文章中这样说：“好时代一个突出的特点，就是尊重人，尊重人的个性和才能，尊重人的喜爱和选择，并为个人的成长和发展提供广阔舞台，帮助人们实现人生价值，满足人们对幸福生活的追求。”而作为儿女的我们，能够在父母年老时承欢膝下，不让父母担忧，并能为社会贡献微薄力量，我想这就是我们的最大幸福。

去年，我的孩子出生，有一天夜里，母亲忽然一边抚摸着孩子一边说我和弟弟也是从这么小过来的，后来大了上幼儿园、小学、初中、高中、大学……再后来，翅膀硬了，一个个都飞了。

母亲的前半生是勤劳辛苦的半生，充满坎坷和苦难的半生。如今，亲朋好友都说，母亲算把人活成了。作为子女，我们只想在母亲的往后余生里，能够搀扶她、陪伴她，就像小时候她陪伴我们一样。

亲子关系

和母亲聊天时，她偶尔会提起年轻时所受的苦难，我想，摆脱穷苦也许是他们那个时候生活的全部动力。

外婆家距离小镇很近，听奶奶说，母亲当年嫁给父亲的时候，通往父亲家的那条颠簸坎坷的土路和梁梁峁峁的大山沟令所有人嗤之以鼻，但母亲还是不顾家人反对毅然决然地嫁给了父亲。

20世纪90年代，整个社会消费水平都在温饱线上，姑娘们会因为获得一件新衣就有十足的幸福感，小伙们穿一件白衬衣骑辆自行车就会容光焕发，帅气十足。母亲说："虽然大家生活很拮据，但或许是因为对物质要求不高，反而容易获得满足。那些年，我们都是白手起家，多年兢兢业业才有了现在的生活。"

我和弟弟的年龄只相差两岁，成长中免不了会一起调皮捣蛋，给家人增添麻烦，就连结婚都要用一年不过半的时间赶着让父母操劳。在家人的庇佑下，我和弟弟得以健康平安地长大，结婚后才知道，父母对小孩子的照顾和抚养需要付出多大的精力和心血。越年长，就越能体会到为人父母的不易和艰辛。

前日，弟弟在众人的推杯换盏和言笑晏晏中完成了结婚庆典仪式。父母为这场婚礼花费了不少心思。婚礼举行之前，母亲因为多日的焦灼而睡不好觉，父亲因天气预报报出的大雪而担忧不堪。从房屋装修到商量彩礼再到最后的婚礼筹备，父亲好似永远都不放心自己的孩子，千方百计地揽过来，然后默默地完成。

我感谢这样的父母，但我并不支持父母这样做。

于生命来说，我们都是一个个独立的个体，每个人都有自己的责任和义务。就如父母养育我和弟弟长大成人是他们的责任一样，我和弟弟各自过好自己的日子，不再为家人增添烦扰便是我们的义务，我想这应该是每一个为人子女都应该具备的孝心和素养。

反过来，作为父母，对待儿女的态度更应该放轻松，不要再时刻担忧他们是否有钱花，担心他们是否能吃得饱穿得暖，事无巨细地包揽一切、给予一切。

我相信作为一个正常的成年人，如果连基本的生存能力都没有的话，即使父母给予他再优渥的生活条件，他也不会将自己的日子过好。毕竟，生活是自己的，修行的路是孤独的，如果没有经历困惑和努力，终究无法稳重和成熟。而为人父母，也会永远因为过度地给予和付出无法过上属于自己的生活。

就像我的父母，年轻的时候为能把日子过得红火而辛劳奔波；后来，为我和弟弟的教育花费了不少心思；再后来，又为我和弟弟的婚事操劳；我想再过两年，估计又要因为照顾孙子而“捆绑”自己。

从年轻力壮到岁月染白双鬓，已经年逾半百的他们，什么时候才能拥有自己的生活？还是他们本就觉得，这些就是他们生活的一部分？

结婚一年后，我和G先生孕育了一个新生命，第二年的春天，我们欣喜地迎接他的出生。我欣喜的原因很简单，因为他的到来，我获得了一个很伟大的角色——母亲。我只希望在未来的日子里，我能够因为陪伴和照顾他成为更好的自己。在他的生命里，不因为他是我的孩子而束缚他，不因为我是他的母亲而要求他，只因为参与他的成长，与他建立平等和谐友好的亲子关系，我们的生命都会因彼此的存在而自由、充实。

你妈嫌你什么？

微博上有个好玩的投票：你妈嫌你什么？

答案五花八门：我妈嫌我懒惰，我妈嫌我爱花钱，我妈嫌我爱上网，我妈嫌我长不大，我妈嫌我没有女朋友，等等，各种答案让人忍俊不禁。

而一个网友的回答，让我很是感动。他说："我妈嫌我离家远。"我从没问过我的母亲嫌我什么，可是我知道，我一旦离家外出，这便是她的一块心病。

以前，我经常觉得最难回答的问题是：你最开心的事是什么？你最难过的事是什么？你难忘的日子是什么？而如今，初来单位，领导给我们的第一份任务是以"我最成功的一件事"为题写一篇文章。说实在话，这个突如其来的任务顿时让我不知所措。

我承认，我不是一个乐观主义者。最近，我很多次问自己我想要的是什么，可是内心的回答却令我失望，我想要的不是饱读诗书，不是做知识的拾荒者，也不是成为时代的弄潮儿，而是生活能够安稳下来，衣食无缺即可。

随后，我便开始思考领导问的这个问题，我庆幸自己最终还是能够得出答案。

是的，我喜欢现在这样的生活，因为这是我努力过、吃过苦后得到的。我不用再向日渐苍老的父母伸手要钱了。我离家近，可以在节假日经常陪父母。

在工作之前，学校给我们安排了实习。第一次接触到社会，我从中了解到的比自己以往的认知多了很多：同事的难以相处，工作的重重阻碍，领导的批评与责备，甚至挨饿受冻，这一切都让我特别想念家乡和亲人。

或许现在很多寄居父母羽翼下的年轻人无法体会这句话对一个漂泊在外的人的意义。当有一天你远赴千里之外的大学，不能再尝到妈妈做的饭，也听不到她经常的唠叨，你谈恋爱受伤后喝得酩酊大醉却找不到人倾诉，你毕业后找工作不顺利，你身上只剩两元钱吃饭，你生病无人照顾，你总是吃泡面应付一日三餐，你在公司被人算计，你在社会上行走艰难时，你一定会明白家对你的意义。

当你走过那些艰难的岁月，开始衣食无忧，你不但不会渐渐遗忘家，反而会越来越想念家，想念隔着岁月长河逐渐老去的父母。

我的父母，在多年前，一年365天里，天天都能看到我，看着我长大，看着我从稚嫩变成熟；多年后，一年365天里，他们见到我的时间可以用小时计算。每天除了工作、吃饭、睡觉，我还会与朋友聚会，能陪父母的时间，却不过几个小时。可是他们依旧会关注我的生活，问候我的状况。

你们是否知道他们鞋子的尺码，他们的爱好，他们的生活？甚至是父亲什么时候换了发型，母亲鬓角何时多了几根白发，脸上什么时候多了几条皱纹？

鸟有反哺情，羊有跪乳恩，我们长大后，离开家去念书，去工作，去漂泊，认识了形形色色的人，看了五颜六色的世界，接触了五花八门的新事物，开始应接不暇地去认识、去追逐，却无暇回头看父母一眼。

如今，我终究可以在离我家不远的地方工作，可以经常与我的父母见面，可以尽为人子女的一点孝道，可以陪伴他们左右，给予他们问候和温暖。

从车马邮驿到万物互联

“从前的日色变得慢，车、马、邮件都慢，一生只够爱一个人。”

我出生在20世纪90年代初期，已到了而立之年。我是最早的一批“90后”，也是沐浴着改革开放的春风长大的一代。30年光阴，伴随着波澜壮阔的时代变革，我从少年到青年，也见证了祖国的日益强大。

随着经济社会飞速发展，人民的生活水平日益提高，通信方式的变化直接影响到人们的生活。从“周幽王烽火戏诸侯”到“竹信”，从书信到电报和有线电话，再到智能手机，一次又一次的变革让我们的生活节奏变得更快，距离变得更近。

书信曾经是人们最传统的交流方式，一封或薄或厚的书信，飘向相隔千山万水、天南海北的亲人、朋友，传递思念、报送平安，显得弥足珍贵。春有风筝，夏有鱼，秋有青鸟，冬有雁，书信一来一往间，日子就这样过去了。

从中华人民共和国成立初期至20世纪八九十年代，书信是人们传递信息、联络感情的主要方式。听母亲说，在那个年代，一封信从一个地方送到另一个地方往往需要几天甚至十天半个月。她还向我讲述了关于哥嫂写书信成姻缘的故事。当年表哥远在酒泉当兵，部队里纪律严格，没有其他通信方式，也不能随意出行，母亲便让表哥写信联系嫂子，一来二往，两人在等信、拆信、反复读信的日子里互相倾心，最终成就了一对姻缘。

我也曾是手写书信的热血少年。上中学的时候，没有手机，写信便成了大家的乐趣之一。挑选漂亮的信纸，一个字一个字写在上面，有向对方写信倾诉时的快乐，有等对方回信时的期待，有收到回信后拆开信封时的欣喜，还有反复阅读书信的亲切。总之，一封或长或短的书信给我们生活带来了很多美好。

“从前的日色变得慢，车、马、邮件都慢，一生只够爱一个人。”这是当代文学大师木心在《从前慢》中的一句话，除了一种特别的情感在里面，也反映出那个年代书信邮件的低效率。若情况紧急，人们就可以用发电报的方式沟通，比如，老家有急事，需赶紧回去一趟，在电报内容里用“速回”二字就可以了。电报是以发送内容的字数多少来收取费用，价格昂贵，用“一字值千金”来形容绝不为过。

随着社会的进步，20世纪90年代初，寻呼机、“大哥大”等通信设备出现，意味着中国步入了移动通信时代，“大哥大”很快就受到了一部分人的青睐。

“大哥大”身躯庞大，价格昂贵，成为身份显赫的象征。有些人整天手拿“大哥大”，吃饭喝茶谈判的时候，往桌上一放，就像押上了一个富贵的筹码，立刻会获得多一份的重视，生意谈判也因此变得轻松；有些人会将“大哥大”放在擦得铮亮的老板包中，将老板包夹在腋下，适当时拿出来，拉出长长的天线，花上一分钟一元的话费，在人群里喊上一句“喂！喂！听不清，你再说一遍”，便引来无数惊羡的目光。当年人们怎么也不会料想到，在20多年以后的今天，就连街边拾荒者手里都会有一个小巧玲珑的手机。

现在来看，虽然粗笨的“大哥大”和它的长天线已定格在了历史的长卷中，但那些妙趣横生的场景，仍值得人们反复品味，因为横空出世的“大哥大”，曾把中国人的生活引向一个新境界。

岁月如梭，固定电话“飞入寻常百姓家”，如同生活必需品一样在家家户户普及。2002年，家里的门市部安装了第一部固定电话，给外出的人们带来了极大的方便，也对我们的生活产生了极大的影响。“当年电话刚安装起来，虽然电话费一分钟两毛钱，但是来来往往的人都用它和亲人联络，使用率极高，生意也还不错。”母亲回忆起当年的电话生意，笑着说。

进入21世纪，移动电话以更强大的科技优势进入通信市场。当时，固定电话已经在城乡免费安装，电话机免费赠送，但是人们依然会选择携带方便的移动电话。最初出现的是“小灵通”，它以小巧、灵活、方便等特点风靡一时。

2009年，我去异地求学，父亲给我买了一部粉红色的2G翻盖手机，精致漂亮的机身让我十分喜爱，但是手机功能仅限于发短信和打电话，没有上网和拍照功能。随着数字通信时代的来临，移动手机从最初的1G模拟手机升级为2G数字手机，不久，3G、4G先后降临，移动手机进入了智能时代。2012年，托父亲的福，我入手了一部三星S5830，这部新款智能手机具备上网、听歌、拍照、发邮件等功能，完全可以满足日常生活和学习的需求，让我爱不释手，足足令我开心了好几个月。

如今的智能手机功能齐全，许多事情足不出户就能办好。随着电子支付的普及，大家的消费方式也正朝着现代化、智能化的方向发展，人们利用手机学习、赚钱、消费、娱乐…… 有人调侃，现在出门不容易捡到钱了，因为人们都不带现金了，一部手机就可以走遍天下。

从一封封寄托思念的手写信件到连通天南海北的微信视频，从代表身份的“大哥大”到功能齐全的智能手机，从车马邮驿到即时通信，从见字如面到万物互联……科技的进步带来通信方式的革新。回首历史的长河，每一种通信媒介都留下了特有的时代烙印，也是我们迈向幸福生活的见证。

这是我的黄金年代

我庆幸得到了上天的垂怜和眷顾，结束了漂泊之苦，免受了流离之灾。如今虽做不到长袖善舞，但也少了些许戾气。

从毕业到就业，有一种恍惚的错觉，像在做梦，忽然梦醒，只能继续前行。

哦，中学时代

在小镇，距离悦乐小学不远处，有一个美丽的校园，校园的操场后面有几十棵高大的白杨树并排耸立，风吹过时树叶飒飒作响，操场的一头搁置着石板面的乒乓球案桌，案桌不远处是高高的秋千，还有一些高低不一的单杠。

新学年伊始，白杨树的叶子在秋风中打着旋儿飘落下来，阳光照耀着整个校园，绽放的格桑花在风中摇曳着，五星红旗在湛蓝的天空迎风飘扬。我曾经看到表哥表姐整日拿着书本匆忙地穿梭于小镇街道和这个充满浓郁书香气的校园之间，一度心生羡慕。当时年少，总以为自己光阴无限，所以，总是希望自己快点长大，殊不知，时光匆匆，一转眼，已到而立之年。

2003年，我连入学考试都没有准备，竟也顺利进入华池县第二中学，这一年，我十三岁。

我家住小镇中街，距离学校5分钟路程。那时候班里走读的学生不多，大部分都在住校。校舍破旧，硬件设施落后，一个宿舍进去两边是大通铺，中间只留出一个可以走动的行道。很多学生都是从自家带够一周的干粮，家里条件好一点的学生，自然有一点零花钱，偶尔可以在学校的食堂里改善一下伙食。相对于住校生来说，走读生还是相当幸福的，因为顿顿有热饭吃。

我幼无大志，从小学到初中，都不是一个勤奋用功的学生，独爱看小说。到了中学以后，学校的环境给我提供了最佳阅读的场所。一有时间，我就沉迷于各类小说，科幻的、情感的、武侠的……但凡书捧在我的手掌心，我就会聚精会神地将它看完。至于课堂上的知识消化了多少，考试考了多少，名次排到多少，则于我如浮云。

逍遥的日子没过多久，分班的消息落实下来，有了新的班主任，还有一个拿着竹制戒尺的老人，故事就在华池县第二中学初一一班发生了。

当时，高海同老师在学校颇有名气，是一名有着丰富经验的老教师。他教我们数学，上课时手里常常拿着一根竹子制成的戒尺。这戒尺虽小，震慑力倒真不小，我们常常因为粗心做错题的时候，手或者屁股就会被他的戒尺“攻击”。高海同老师用此方法来教育学生，还是起了一定的作用。我们在和戒尺的“亲密接触”中不断进步，虽然疼痛，但心里却很服气。

我们的语文老师叫石岩，他是我们的班主任，他的年龄比我们只大了十岁，对我们的要求却极为严格。教我们那年，他刚大学毕业，一群整日调皮捣蛋、叽叽喳喳的孩子对他来说是一种挑战。班里的很多男生好像都在和他的较量中度日。我多年的好友杨俊升是一个很聪明的人，就算上课不听讲，数理化也可以考得很优秀，但是总达不到老师眼中好学生的标准。记得有一次，他在上课的时候看小说，虽然手里捧着课本，中间却夹着金庸的小说《倚天屠龙记》，因为书太厚，所以只好撕成一页或者几页以防被老师发现。常在河边走哪有不湿鞋，一日，终究没逃过老师的火眼金睛。除了课堂上用障眼包书皮法看小说之外，杨俊升还逃课打乒乓球、留非主流长发、穿衣服从来不拉拉链……这些问题都让石老师很头疼。当然，有不良习惯的不只杨同学一个，全班40多个学生，每个学生身上都或多或少地有毛病，石老师总是想让每个学生以最快的速度进步，变得更加优秀，为此他费了不少心思。

“学贵得师，亦贵得友”，遇到亦师亦友的石岩老师于我是一件很幸运的事情。刚上初中时，我整日沉迷于小说，再加上面临分班，因担心不能适应新环境的变化，我整日郁郁寡欢，不想和新同学交往，拒绝一切善意的问候。石老师想尽办法帮助我，在班会上让大家一起讨论分班的利弊。轮到我发言的时候，我就像一个在家人面前任性撒娇的孩子，用最大的声音告诉大家，分班不好。说完后，我瞬间脸颊绯红，头恨不得低到桌兜里去，准备接受班主任的斥责。可是，石老师却走到我面前淡淡地说：“千里难寻是朋友，朋友多了路好走。”这句看似简单却有着处世之味的言语启发了我，让我在当时、现在、未来的人生道路中都能适应新环境且能够欣然接受所有困难和挫折。

在学习上，我是一个偏科极度严重的学生，语文成绩稳居前列，而数学成绩常常徘徊在及格的边缘。每次考试成绩下来，石老师都会帮我分析试卷，希望我可以有更大的进步。在一次月考中，我的数学成绩终于有了很大的进步，石老师鼓励我继续努力。在随后很长的一段时间里，骄傲和自负伴我左右，各种浮躁的行为也出现在我的学习和生活中，就是忘记了继续努力。“一桶水摇不响，半桶水响叮当。”石老师对我依然没有犀利的言语批评，亦没有长篇大论的谆谆教诲，但我清楚地知道自己被警告了，因此收敛了浮躁，慢慢走向正轨。后来，在跌跌撞撞的成长中我才懂得，在得到的背后必有踏实的付出。成年以后，静水流深的道理在工作学习和生活中时刻鞭策着我，让我懂得谦卑和坚持。

就这样，每天从学校回到家中，我还要在写字台补一补白天看不到的小说，父亲显然认为，我的学习压力还不够大，必须再加点码。他亲自为我订了《半月谈》《中国近现代史》等，要说我真感兴趣，那是谎话。这些书对我来说，远远比不上被父亲称为“闲书”的安妮宝贝的《彼岸花》有趣。如今回忆起那些往事，真想把那些由于贪玩而荒废掉的时光都变成刻苦努力学习的时光。

十四岁的年纪，正是感情最丰富、思想最活泼、好奇心最强、模仿力和可塑性最强的时候。同时，这个年龄段的同学思想单纯、感情真挚，我如今的多年好友大都是在这个时候结交的。当时的女孩子都穿牛仔裤、扎马尾，很拘谨，守纪律，学习尤其刻苦。一同上了几天课，我们就渐渐熟悉起来。张如月同学就是我这个时期结交的好朋友，她学习很好，不仅语文和英语成绩好，数理化也是顶呱呱，老师和同学都很喜欢她。她集万千宠爱于一身，我就像一个男生暗恋自己心仪已久的姑娘一样，主动找各种借口和她玩。我常常告诉她：“你就是我追到手的女朋友。”当然，还有很多在这个时候相识，如今交情都不错的好友，像庞淑峰、张静、李强强、寇艳丽、张荣荣、俄正玉、张武胜、何迪等。

后来，临近毕业，石岩老师去他乡继续学习深造，高海同老师自我们毕业以后再也没有见过他。再后来，我们念完高中去读大学，初中的记忆被越丢越远，初中时的老师渐渐淡出了视线，但是老师的教诲却时时勉励着我。再次看到初中班主任的时候，已经是十年以后的事情了，他整个人比记忆里的样子胖了些，简单打过招呼之后加了微信便各自离去。后来聊天中才知道他和我们生活在同一个地方，只是这么多年从来没有遇到过。“好好工作。”这是他最近鼓励我的话，就像2003年的某一天，他告诉我要好好学习一样。

人生之路，何其漫长。感谢高海同老师、石岩老师，以及传授了我们各科知识的其他老师们。

那年，我也高考

2006年9月，我上了高中，再一次遇到新同学、新老师。没过多久，大家就投入到紧张的学习中去。母亲为了让我能够安心学习，竭尽全力在生活上照顾我。整整三年，我没有为自己洗过厚重的棉衣和外套，没有帮母亲干过几次家务，除了两点一线的学习生活外，我在日记里坚持写着每个女生在这个阶段的心事。是的，在这个本应该拼尽全力去学习的时光里，我却做着一些不着边际的事，辜负了母亲的期望，也辜负了自己的人生。

2007年的夏天，为了理想我选择了文科，在父母朋友的叹惋声中，和理科挥手告别，走上了一条未知的路……

《我奋斗了十八年才和你坐在一起喝咖啡》，新学期开始，班主任田小龙老师用这篇文章介绍了自己，同时，鼓励我们为高考努力。

高二那年，因为一个朋友发生意外失去了生命，我为此久久不能平复心情。我不想说话，整天趴在桌子上，好像这个慵懒的样子才能让我平静下来。我整天整天地发着呆，总有人问我："你怎么一副心不在焉的样子？"我明白当时我的表情一定很茫然。

高三来得比我们想象得还要快，有人因为高三而温暖，亦有人觉得凄凉。

我对同桌说：“看见你哭，我就觉得特别孤单，在这间高三的教室里，除了你和旁边这堆书外，我什么也没有。”我说，毕业的时候我不会带走这里的任何东西，因为没有什么东西是属于我的。我强迫自己这般决绝，其实是怕自己临走的那天，发现这个我生活了六年多的校园，有太多的东西需要带走，会有太多的话要说，太多的年华需要铭记。而去远方的人注定不能承载太多，不然就会有东西一直牵绊着你的脚步，让你不能走远。

岁月流逝，我几乎能感受到时光从指缝间流过的痕迹。年华似水啊！生活还是那样简单，像车辙般单一地重复，像白开水一样平淡，一切以高考为核心。我知道，其实班里有很多同学用台灯照亮那些没有月光的深夜，但我不是一个刻苦的孩子，我不习惯熬夜。于是每晚回家，磨磨蹭蹭到十一点，然后熄灯睡觉，看到窗外那无数盏明亮的灯，我内心不安，于是虔诚忏悔：“我明天一定会努力学习到12点。”然后酣然入睡。而事实上，我只不过在一天天重复这样的过程，像是一个死循环。

眼看着高中毕业，校园的手机风盛行，田小龙老师为了让我们一心一意地准备高考，进行了纪律大整顿，没收了五袋手机。“限制玩手机，停止发短信，努力学习”，这是学校对我们高三学生的要求。高考逼近，看着黑板上的倒计时，我们压力倍增。

临近毕业，我用心书写着给每一位同学的留言。紧接着是毕业典礼，那天，天气还好，确切地说是晴朗，我们用一张照片定格了一切。除了两个同桌，我没有和太多的人留下合照。看着熙熙攘攘的校园，我忽然觉得，高考似乎没有想象中的那么恐怖，毕业典礼也没让人觉得像是生离死别。

2009年6月，高考如期而至。6月7日，我走进了考场。街上有专门为高考开设的绿色通道，还有禁止鸣笛、禁止喧闹等挂幅，考场外是等待着的急切的家长。回想考试的过程，我至今仍能清楚地记得我当时是何等的忐忑不安，因为我深知这次考试对我的意义。

6月8日下午，考试结束。等我从考场出来，屋外斜阳残照，感觉整个世界安静而平和。一会儿，外面下起了雷雨，好像雨能洗却往事与尘埃，过去的，残留的，清晰的，模糊的，都将变为尘封的往事。这一刻真的是自己在这一年里心情最放松的时候。我抛开关于学习的一切，关于考试的一切，呼吸着不一样的空气。

高考完毕，我直接乘车回到老家。夏日里农村的田园里可以寻求到一份静谧，我想我最起码也可以躲一躲那些不痛不痒的嘲讽。回家时正值小麦成熟，我站在高高的院畔居高临下地欣赏着起伏的麦浪，感觉到从未有过的轻松。奶奶的菜园也是一片乐园，一个个红樱桃、黄杏子很诱人。雨后，为了解馋，我跑到院子顶端摘杏，结果杏是吃到了，可摔了跤，还酸了牙。奶奶看我整日无所事事，专门烧了糨糊，让我陪着她做鞋垫子，我想她老人家一定是希望自己的孙女针线茶饭样样精通。

当孩童的那份无忧无虑渐渐褪去，成长蜕变的痛楚暗暗滋生，成长的烦恼接踵而至。2009年7月15日，这是个令我极度紧张、担心、忧虑的日子。我坐在电脑前思绪翻腾，心情紧张，高考的分数即将揭晓。猛然手机震动，一看是父亲，我接起电话静静地听着他的叹惋，我知道，成绩肯定不理想。我落榜了。

成绩出来的这个夜晚，月明星稀。我并没有太多的沮丧，也没有太多的抱怨，更没有哭泣。我有点自欺欺人地告诉自己：没关系，路还很长。可我清楚地知道，在这个本科生多如牛毛的时代，专科生似乎总处于高等教育的边缘。但榜上无名，脚下有路，人生路上，我也有翱翔天空的梦想。

向前走，因为还有更多的风景等待着我。

大学在回忆里

一

收到大学录取通知书时，我第一次知道了园林这个专业。

九月，大学开学，经过一番思量和挣扎后，我还是提着行囊来到这个离家乡千里的城市，尽管这所大学和我理想的大学相差甚远且让我一时无法接受。不久我心平气和地从失望中走了出来，因为我清楚我已经十八岁了，应该为自己的不努力负责。

大一的课堂上，听那些枯燥无味的数理公式，我时常还是会昏昏欲睡，晚上则精神抖擞地看书写作，无休无止地听同一首歌。我不再像开学初那样热情洋溢地奔赴学生会，不再不惜血本地狂进协会，不再逃课后心惊胆战。

我好像没有太多的事情可以做，整日无所事事地在校园里穿行。

2009年寒假，我迎来了二十岁生日。这种感觉就像坐在疾驰的火车上，看着窗外的风景转瞬即逝，却无能为力。

二

又一次来到了这个低调的城市。

四月，春分时令早已过去，兰州的上空却飘起零碎的雪花，我换了厚厚的外套。天气放晴以后，我和寝室的姑娘们一起去中山桥、白塔山踏青，黄河两岸的垂柳已经新抽出了嫩芽，岸边到处都是放风筝的人。

四月底，上海世博会开幕，我向父亲提出去上海看世博会，被父亲拒绝。

在开学后这短暂的两个月里，我度日如年，内心的煎熬和焦虑在体内横冲直撞，肆意排出；想家的情愫如泄闸的洪水般涌来，势不可当。

在应付考试之际，我难得和表姐一起去了西关十字的亚欧商厦，当我为这里价格昂贵的衣服惊叹时，她却镇定自若地试穿、付款，然后在店员的“欢迎再次光临”声中优雅地转身出门。

我真的很欣赏那种特立独行，有着精致装容的女子，而我却恰恰相反，装束邋遢，神情困顿，常常放纵自己不好的习惯。我忽然想起初见高中班主任田小龙老师时，他推荐我们阅读《我奋斗了十八年才和你一起喝咖啡》这篇文章，他的用心，我此刻才有了更深的体会。是啊，要想过优越的生活，只有不停地努力、无休止地奋斗。

三

夏天来时有千万伏笔，渐次铺陈。四月樱花谢幕，脱去身上最后一件厚毛衣，绿色不复柔嫩，一层层往深里浸；五月蔷薇盛开，吸饱雨水的花瓣变成湿漉漉的胭脂色；六月，栀子花肥厚而白大，那馥郁的香气飘漫迷人。高阔的天空时而滚过轰隆隆的雷声，于是夏天正式到来。

我在老家待了一段时间后，又一次离开了爷爷、奶奶，十多天的驻留让我有太多的留恋和不舍。大巴车缓缓驶来，在爷爷奶奶的叮嘱声中，我转身，上车，离开。二十多年来，我已经记不清自己面对了多少次这样的离别，但每一次离开，我都会祈求亲人平安喜乐。

四

8月末，我和好友庞书锋来到兰州，我想，作为新生的她，内心的激动不亚于去年刚入校时我的心情。一年前，灰头土脸的我拖着沉重的行李箱告别父老乡亲，只身一人来到异地求学，青春的脸上洋溢着兴奋……这一切如今还历历在目，就像昨天刚发生的一样。然而，事实上，一年过去了，它早已成为爬满记忆的青苔。

安顿好锋以后，我回到校园，搬到了新的寝室，六人间，还有一个小阳台，环境很好。又是一个新的开始，我告诉自己，不能落后，不能将自己的青春如此挥霍，我应该做点什么。

9月中旬，在父亲的陪同下，弟弟带着好奇和憧憬来到兰州，我成为他们的半个导游，送走父亲后，我开始刻苦学习。虽然是同样乏味的专业课程，可是我再也不会上课昏昏欲睡，也不会因为睡眠不好而焦躁，忙碌的学习状态的确让我充实、强大、自信了不少。

母亲以前总说我是一个心高气傲的孩子，强烈要求上进，但是容易有太大的压力，难以安于现状，事实证明母亲是何其了解我。从某种意义上说，我不是一个好学生，但绝不是那种颓废或堕落的青年。不爱学习，是因为我对所学专业没有兴趣，不想学习那些我认为拿了毕业证以后就百无一用的东西。我有自己感兴趣的东西，也一直在为自己的理想而不断努力。

五

冬天来了，我却很晚才意识到。

月从武汉归来，我在火车站形形色色、来来往往的人群中等待她的到来。回想2009年，我和月初来乍到，除了对这个陌生的城市感到新奇外，最多的还是孤独。我想，往后余生，我都会庆幸上苍派这样的女孩子陪我走过了这么多年。我们睡同一张床，走同一条街，一起吃饭、逛街、唱歌、分享秘密。我们彼此理解、彼此尊重，无论年华怎样流逝，容颜怎样衰老，距离怎样遥远，我们都会是彼此最初最唯美的记忆。

月到了，我们笑脸相迎。

我们上了公车，拥挤的车里没有座位，我看到一个老爷爷紧紧牵着老伴的手巡视了一下周围，然后低下头对旁边的一位青年女性说："能不能给我老婆子让个座，她腿脚不灵便，我们很近，只有两站就下了。"青年女性不好意思地站起来。我不只一次看到这样执子之手、与子偕老的老夫老妻。可是，现实生活中，叫一声老婆容易，叫一声老婆子不容易。

翌日，独自伫立于阳台，看窗外阳光明媚，天空湛蓝，杨柳依依，大抵有了春天的气息。四月下旬，所有人打包好行李，信心十足地准备去北京实习，我却做出不一样的选择：联系家乡的一所小学回去当老师。

六

与乡村相比，我更喜欢城市，虽然它有浓重的物质气息，但是我总觉得只有在城市中才能有一些时尚的、先进的东西；在城市可以见识一些从未见识的人和物，这样思维会更活跃。

一直以来，我认为教师这个职业与其他行业相比，能够给自己带来一些惊喜，而且与梦想的距离更近一点。所以，我走进了这个青山环抱中的小学校园，站在了讲台上。这是我生平第一次当老师。

人越长大，梦想就越卑微。

初中的时候，我会羡慕那些英语流利、走在时代前沿的人，那时梦想自己以后可以做记者、当导游的同学；高中的时候，想自己以后能够在大城市做个公司职员也不错；可是当下，这两个月的磨砺让我觉得做个平平凡凡的小学教师传道授业也能令生命更丰盈、更有价值。

两个月的教师实习让我对生命有了不一样的体验。山区孩子的质朴和对知识的渴求深深打动了我。我深知自己和他们相处的时间有限，所以除了正常的教学外，会竭尽所能帮他们解决学习问题和生活上的困难。

十月底，教师资格考试通过，天南海北的同学又聚在了兰州。我整理好心情准备迎接大三，并且为毕业做充足的准备。

韶华易逝，青春再也不允许我挥霍，我终于有了破釜沉舟的勇气。这一次，我会付诸百分之百的努力去拼一个美好的未来，而且一定会赢。

上　班

2013年5月，接到县人事部门的通知，我被分配到华池县城管局上班。第二天，我拖着母亲为我准备的沉重的行李来到县城，在距离单位不远处的一家农户小院里租住。8月，院内的格桑花在风中摇曳，我才意识到已经上班了3个月，这段时间的工作除了让我感到独立自主的快乐外，还让我对生活有了更深刻的感受。

回想起第一天去单位报到时的情景，看到单位的工作环境，陈旧的办公桌凳，办公室所在的院子里杂乱地停放着各类车辆，心里顿时感到淡淡的失落。

接下来，重新找房子的任务迫在眉睫，可是寻寻觅觅很多天都一无所获。最后，父亲托人帮我问了一间平房：砖头地，掉漆皮的墙面，昏暗的窗户，房间格局不规整，这是父亲带我去看房间时我的第一印象。自然，这个房间在我眼里一无是处。可是，父亲却觉得住在这里，一来离单位较近，上下班方便快捷；二来邻居友好耿直，安全安静。虽然我当时心生不满，但当时也没有更好的选择，便只好勉为其难地安定下来。

后来，我也看过不少房子，不是环境嘈杂就是采光不好，权衡下来，还是当时的居住环境比较好。我向来对睡眠质量要求比较高，睡不好会神经衰弱，所以，安静的环境才是最重要的。况且，我也从中了解到，有些事情好与坏的界限从来都没有那么绝对，一眼看到的东西根本没有你亲力亲为或置身其中去感受来得那么真实可靠。所以，学会适应和调整心态很重要，对于事物急着妄自下结论极度不可取。我习惯了这个小屋以后，自然发现了父亲当时所说的优点。

有段时间，我被调入环卫部门，每天上半天班，另外半天的时间可自由阅读、学习，而我始终做不到一早上或一下午不开电脑，不翻手机，虽然我也很努力地在尝试一个人在静静的时光里读书和思考。因为我清楚地知道，不会独处和内心不平终究会让我一事无成。

我干环卫工作后，对环卫工人有一种说不出的特别的感情。平时在大街上碰到他们在炎炎酷日下辛勤地挥动着手里的扫帚，一遍又一遍地扫着被人们随意抛扔的垃圾，我在想如果每个人将手里的垃圾都能妥善处理，他们就会少流一点汗，少辛苦一点。是的，城市让生活更美好，可是城市的亮丽却离不开环卫工人辛勤的劳动和付出。

当万花写满春意的枝头，我心生温暖；当霜雪飞舞残冬的苍穹，我心怀感激。一指光阴，荏苒冬春谢，流光芳华尽，谱写一支岁月如歌。上班3个月，耳闻目睹社会的纷繁杂陈，我对生活也有了更深切的认识和体会：生活于每个人都不容易，有多少人每天为了生活奔波，有多少人因为自己捉襟见肘的家庭状况而竭尽全力地活着。我想，自己更应该珍惜拥有的一切，知足且坚定，温柔且上进。

平凡之路

我不吃零食，对食物没有多余的欲望，每天早晨七点半起床，在马路对面的早餐店买个菜包，再喝一碗热粥或豆浆，早饭就算解决了。然后上班。午休。

下午爬山的时候，一个平日里与我并不熟悉的姑娘分我一块巧克力。因为巧克力热量高且过于甜腻，所以我平时很少吃，可是今天吃了一块，倒觉十分美味。唯愿生活都如这块巧克力，苦中带甜，苦中有乐，苦尽甘来。

回到租住的房间，因为刚下过雨，砖铺地略微发潮，四十瓦的白炽灯从屋顶垂下来，光线并不明亮。桌子上一片狼藉，我无心收拾。打开广播，屋子的安静瞬间被电台播放的一首歌曲打破：

徘徊着的在路上的
你要走吗 via via
易碎的骄傲着
那也曾是我的模样
沸腾着的不安着的

你要去哪　via via
谜一样的沉默着的
故事你真的在听吗
我曾经跨过山和大海也穿过人山人海
我曾经拥有着的一切转眼都飘散如烟
我曾经失落失望失掉所有方向
直到看见平凡才是唯一的答案

朴树出新歌了，一首《平凡之路》唱出了多少人心中的感慨，唱出了多少为梦而生，在生活中跌倒又爬起、失去方向而依旧笑着向前的人的心声。

朴实直白的歌词就这样直晃晃地激励着每一个有过过去、有过梦想，而如今依旧执着寻找方向的人们。“平凡之路”是对每一个询问人生意义者的回答。徘徊着的、在路上的，易碎着的、骄傲着的，这是人生不同的姿态。即使眼前是一片黑暗，即使是悬崖峭壁，人生给我们的答案仍然是“向前走”。

《平凡之路》这首歌是《后会无期》这部电影的主题曲，抛开电影的内容，单从“平凡之路”和“后会无期”这两个词来看，就已经道出了人生的沧桑，揭示了人生哲学。“后会无期”是每一个人对自己过去的道别，除去今天和明天，过去都与我们后会无期。错过的人也许还会再见，误点的班车明天还可赶上，走失的小狗也可能找到回家的路，唯独我们，唯独这世界上拥有最高智慧的人无法与过去的自己重遇，每一个时段的自己都是独一无二的，每一张笑脸都不会再与以后重复。过去的我们，无论贫穷还是富贵，快乐还是潦倒，都成过往。“后会无期”说起来感伤，却是在告诫每一个人每一个时段都要做一个不让自己后悔的人。

“平凡之路”是人生的答案，谜一样的人生有太多幻想和欲望，只有经历过、彷徨过，回过头才能看到平凡的可贵。财富、权力这些东西虽吸引了很多人，但也伤害了很多人。人生的智者，岁月的长者都能明白一个道理，除了平凡的生活，身外之物都是过眼云烟。

路漫漫其修远兮，人生就是一条长长的路，路旁风景无限，而这条路的方向只有一个——向前。

人生不缺少梦想，不缺少激情与奋斗，而大多数人缺少了一份对平凡之路的感悟。不管你是跨过山河大海，还是拥有一切，不管你是名利双收，还是贫穷落魄，这都是人生的不同写照。平凡不仅指生活，也指心态。

看天空看大海，看祖国看世界，看花看草看石头，看苦看难看幸福，都用同一种温柔的眼神，那就是“平凡”。朴树的声音依然悲怆凄凉。我一直以来都被这个男人的歌声深深地打动，从

《白桦林》的凄美到《生如夏花》的奔放，从《那些花儿》的眷恋到《平凡之路》的透彻。无论他是否有笑容，无论他内心有着怎样的伤感和忧郁，他低调的风格、内敛的气质总是可以让人感受到不一样的力量。有的人，过目即忘，而他的存在让我觉得梦想和生活都有意义。

关掉广播，窗外偶尔有雨滴坠落。

相聚和独处

熬夜至凌晨无法入睡，水滴落下的滴答滴答声令人烦躁，我果断起床把饮水机上的桶卸了下来。北方二月的天气依然寒冷。夜晚，周遭安静下来，空气中若充斥着声响，对于无法安睡的人来说真是糟糕透顶。

翌日回乡，我和弟弟陪伴爷爷奶奶过年。房屋上空的袅袅炊烟被冷风席卷吹散，几串红红的辣椒并排挂在屋外的墙面上，挂在木棍上的一个一个串起来的玉米棒子在暖阳中发出了黄灿灿的光芒，不远处的鸡笼里传出鸡鸣声。走进屋子，爷爷早已烧好了炕头，奶奶炖了锅芳香四溢的鸡肉，令人垂涎欲滴。

或许，从某种意义上说，我们的归来亦是老人的希望和祈盼。我庆幸，我也可以成为别人的福祉，这样想的时候，我的心、我的梦、我的记忆、我的生命感到非常欢喜和富足。我们一天天成长，而亲人们却渐渐老去，我愈发觉得，子女长大后，学做的第一件事应该就是成为家人的依靠。我感谢上苍给我一个故乡，一段童年的记忆，一个安稳的家。

过完年，踏着故乡纷纷扬扬的雪，我离开了。坐上车，望着窗外转瞬即逝的草木和大地，我把额头轻轻地抵住玻璃，在心里向故乡的大地告别，一路向北，我来到了小城。

情人节接踵而来，朋友圈因此刷爆了屏，有鲜花，有红包，有秀恩爱的喜乐，有收到礼物洋溢的幸福……我下班后，到街上寻找可以吃饭的餐馆，无奈大多数还未开门营业，而后买了桶泡面，吃完后，只身前往电影院看了一场电影。

我享受独处的时光，因为独处的时光让我自知和清醒，那是一种从未有过的自足。

北方的冬日寒冷而漫长，总有人问，怕冷吗？我的回答向来都是“从来不怕”。因为我知道，即使漂泊在千里之外，即使身处荒野，都会有一盏唤我归去的灯……

写字·摄影

凌晨，我起身怕吵醒他，蹑手蹑脚地离开卧室给自己倒了杯水，打开电脑，忽然想写字了。

前几年，我没找到独处的乐趣，常常暴躁、孤独、压抑，老是觉得身边缺少亲友的陪伴。后来才知道，有些事情真的只能靠自己一个人去完成。

两个月前，我申请了个微信公众号，当时只是觉得好玩，但写完第一篇文章之后，我就想看看自己是否能够坚持下去。现在打开历史记录，发现已经写了二十余篇，虽然称不上佳作，但也算对自己提笔坚持的初衷有了一个交代。

最近认识了一个写手，她对于自己热爱的工作真的好拼，她利用一切可利用的时间进行写作，文思如泉涌，仿佛永远

不会枯竭。性格内敛低调的她总与他人有不一样的地方，我从她身上看到一种力量：忍耐、镇定。这种力量让人内心受到震动。

周末，我和几位摄影爱好者一起拥抱家乡，亲近自然。天未亮，我们就已经开始收拾行装，行至马路边，昏黄的路灯拉长了我和G先生的影子。我们满怀期待地奔向集合地和大家一起出发。

每个摄影爱好者心中都有一个关于夏日的梦想，即使这个季节有被太阳炙烤到爆裂的感觉，但这群追梦者还是毅然背起行囊去一个魅力无限的地方，感受北方大地上万物生长的蓬勃力量和专属于夏日里不一样的烟火。

这是结婚以后我们第一次去看日出，站在大山之顶，晨光熹微，我和G先生相对而立，放声大笑。

看完日出后，我们跟着车队来到一户农家，整个小院幽雅别致，窑面用白瓷砖一一贴过，用砖块铺就的院子被主人打扫得十分干净，窑内的穹顶和墙面全部用材料板包裹，土炕收拾得整洁妥帖。虽然单位为我们准备了午饭，但主人热情好客，还是为我们熬了一锅稀饭，摊了厚厚的一摞煎饼。

这户农家的小姑娘温婉恬静，她静静地坐在土墙前面的木桩上，大红色的衣服让她在镜头里更加活泼生动，一只大狗依偎在她的身边，整个画面令人感动。

“一个孩子拥有在乡村里度过的童年，是幸会的际遇。无拘无束生活在天地之中，如同蓬勃生长的野草，生命力格外旺盛。高山、田野，天地之间的这份坦然自若，与人世的动荡变更没有关联。”成年之后，我始终认为，一个人只有在乡野里生活之后才能够更加深切地了解到生命本身的不易和生活的艰辛，然后用更谦卑、更有力量的姿态站在大地上，才能够更好地面对昼夜交替、悲欢离合。这种与世间保持微小而超脱的距离，使得他与别人不同。

小姑娘的爷爷非常有趣。那天清晨，他骑在一个形似毛驴的木头上唱着南梁这片土地的歌谣，满脸笑容，歌声在夏日的山谷中回荡。我想，对于一个老人来说，家里牛羊成群，子孙满堂，还能住在一个世外桃源里安度晚年，他肯定是满足幸福的。

从这家院落向后面行走，真的有一个“天然后花园”，朵朵白云飘在蓝蓝的天空，成片成片的绿草地，大片大片的林木，没有人流喧嚣，没有汽车尾气，清风吹过，怎一个“爽”字了得。

阳光，白云，蓝天，绿草地，十分想要再去那里。

又是一年冬

2014年12月8日，空气凛冽，天色暗沉，霓虹闪烁，街道上空烟花频频绽放。我和弟弟吃完晚饭后去等公共汽车，到了才发现错过了最后一班。弟弟打车走后，我疾步回到屋里开始写字，写下当下的心情。

这几日，气温骤降，外出时人们开始把自己裹得严严实实。我坐着大巴车摇摇晃晃地回到老家。奶奶在看电视，爷爷则是躺在炕头，猫咪蜷缩在奶奶腿边。屋内的火炉炉盖被烧得通红滚烫。

爷爷奶奶一辈子没上过学，不会写字，不会上网，不会开车，不会英语……不懂很多东西，却生活得那么开心质朴，他们是怎么过这一生的呢？我想是勤劳，是善良，是相扶相持的陪伴，是对生活积极乐观的心态。

今年6月，弟弟如家人所愿通过考试获得了一份安定的工作，成了一名光荣的交通警察。弟弟说："好奇怪，从小我都没有做警察的愿望和梦想，可是命运却在此时把这个职业和我的生活紧紧地绑在一起，好像在以后的生命里，这个职业都要和我同呼吸、共命运。"

"尽人事，听天命"，这种处世态度让我们面对生活时更加坦然。我和弟弟没能力没本事在外闯荡，毕业回乡参加事业单位考试是其中的一条出路。但能够承欢父母膝下免受离别和漂泊之苦，这也是至今我们唯一觉得庆幸的事了。

是的，生活就是要不断挑战，不断接受，挑战命运里的逆流，接受梦想的破灭和现实的残酷。我们出生在20世纪90年代初，生在这个变革的年代，就得接受和我们一起成长的世界，接受这个社会给我们带来的欢喜和悲哀。

又下雪了。其实已经走了很久很久，一回头，已过去好几年。

听 歌

秋已至，秋风起，我们的生活依然在继续。

我好久没有听到令人感动的歌谣了，最近在听许巍的歌，“生活不止眼前的苟且，还有诗和远方的田野”，首次听到这首歌是去年的某一天刷朋友圈的时候看到一个好友分享的视频，视觉上的黑白风，一群年轻人跳跃着出场，许巍拿着一把吉他深情地唱着，瞬间使我想到Beyong的《海阔天空》里的那句“原谅我这一生不羁放纵爱自由”。随之便沉沦在这种清醒、温暖、清澈、沧桑、忧郁、孤独的声音中，满满的记忆涌上心头。

20世纪90年代中期，家里写字台上放有一个长方形的录音机，父亲外出时总是买回来众多磁带，印象中最亲切的女声是“夏天夏天悄悄过去留下小秘密……”，最深刻的形象是费翔那乌黑的头发和唱《冬天里的一把火》时的热情。

16岁那年，父亲送了我一部单放机，比起之前的录音播放机轻便了许多，但是磁带依然是听歌曲的主要介质，那时候虽然零花钱不多，但是我依然愿意用买零食的钱去买一盘磁带。

2003年，首次听到朴树的歌声，那个有着忧郁眼睛的大男孩用最炽烈和最诚挚的感情在唱《生如夏花》。路过街头，音响店又传出他那深情而又平静温和的声音。后来，我在朋友的试听列表中听到《送别》，那么多版本的《送别》，唯独朴树用他苍凉而又颓废的嗓音把文学和音乐结合演绎得那么完美。

再后来，随身听就被更小巧轻便的mp3所替代，磁带也逐渐退出了历史舞台。上高中之后，父亲依然会不计代价地满足我们的需求，我们的mp3换成了mp4，回想起来，真感谢我的父亲，虽然一直以来家底都不殷实，但是他依然会尽力给予我们最好的东西。

2017年，毕业之后整整四个年头啊，在漫漫时光里的某些个瞬间，我都会想起我生命里曾伴我成长的每一首歌曲。你听，“生活不止眼前的苟且，还有诗和远方的田野。你赤手空拳来到人世间，为找到那片海不顾一切”。好歌就像陈年好酒，散发出的香醇与苦涩，在不同的年纪听有不一样的味道。好的歌词，总是让你热泪翻滚。

我和《朗读者》

董卿表示：朗读者就是朗读的人。在我看来，这句话可以分为两部分来理解，朗读是传播文字，而人则是展现生命，将值得尊重的生命和值得关注的文字完美结合就是我们的《朗读者》。你有多久没有朗读了？很久了吧。因为很多人都觉得朗读，那是学生时代的事情，或者说它只属于一小部分人。事实上，朗读属于每一个人。

说起“朗读”，似乎更像在讲故事，因为嘉宾都带着自己的故事来讲述，节目希望呈现的是文字和个人情感的紧密结合。自从由董卿制作和主持的朗读类真人秀节目在央视开播以来，我每期都有关注。

“北方有佳人，遗世而独立，一顾倾人城，再顾倾人国”，有人用这样的言语形容董卿。不得不承认，这个四十多岁的女人，才华横溢，她那娓娓道来的言语、谦卑的人格、不断进取的生活态度，无不彰显出她的个人魅力。从央视春晚主持人，到《中国诗词大会》的主持人，再到《朗读者》的制作人和主持人，她一步步成为众人心中的新一代女神。我除了喜欢董卿那或波澜不惊却掷地有声的主持风格外，还喜欢《朗读者》每一期主题词的选择，真是直击人心。

时至今日，《朗读者》已经播出了多期，它们的主题词分别是：遇见、陪伴、选择、礼物、第一次、眼泪、告别、勇气、家、味道、那一天、青春等。这些词语好像在我们每个人的人生长河中都有数之不尽的故事，与我们的生活息息相关。

遇见

人生，缘始于“遇见”，父母给予我们生命，让我们遇见这个世界。幼儿园，我们遇见了跷跷板；小学，我们遇见站立在飘扬的五星红旗下的一张张稚嫩的脸庞；中学，我们遇见了知识渊博的老师；大学，我们遇见了一个全新的城市；毕业后，我们遇见了所爱的人……

今天，我遇见了《朗读者》。

从某种意义上来说，世间一切，都是遇见。就像，冷遇见暖，就有了雨；春遇见冬，有了岁月；天遇见地，有了永恒；人遇见人，有了生命。

分享最近一个关于遇见的故事。二十天前，组织安排我跟着一位“前辈”去培训，去了才知道，她只比我年长4岁，身上却有着浓浓的书香气息。她的众多文章见于报纸、期刊。就这样，我遇见了这样一个努力生活、热爱文字的人，还遇见了她的散文集《年在西北》。

陪伴

这期节目的开场白引用顾城的诗：“草，在结它的种子，风，在摇它的叶子，我们站着，不说话，就十分美好。”在顾城的诗里，陪伴就是这样简单而美好。在我们每一个人的生命里，会遇到各种各样的陪伴，比如这会儿，你我之间是一段短暂的陪伴；比如我们在学生时代和同学共同求学，那是几年的陪伴；还有一种陪伴，是注定一生的陪伴，那是我们和父母、孩子之间的陪伴。

看这期节目的时候，我首先想到的是表妹近来出版的书籍《多余女》。看书名，我们应该可以想到这是一个缺乏爱的孩子的控诉，这本书主要讲述了当年因为计划生育和家庭变故，四姨不得不把她寄养在别人家的经历。缺少父母的爱、陪伴、关心的孩子，内心总是很敏感的，在别人家中成长，自然觉得自己多余。我多么希望每一位年轻的父母都能更加爱护和陪伴自己的孩子，陪着孩子在自己的身边慢慢长大。

没有一个人是一座孤岛，在这个社会大集体中，我们每个人都在相互陪伴着工作、学习、生活。学会陪伴和接受陪伴是每个人终生都必须实践的事情，因为它在生命中美好且有力量。

选择

在这期节目中，我们看到徐静蕾选择了挑战和变化，耶鲁村官秦玥飞选择了希望的田野，红丝带校长郭小平选择了呵护与守望，最让我感动的是麦家，曾经叛逆的他如今面对叛逆的儿子，选择了理解和宽容。

选择是一次又一次自我重塑的过程，让我们不断地成长，不断地完善。如果说，人生是一次不断选择的旅程，那么当千帆阅尽，最终留下的，就是一片属于自己的独一无二的风景。

人生长河中，每个人所做出的每一次选择对自身来说都是赌注。时间退回到2009年，我和同班的一位女同学考入同一所大专院校，当我们背着行囊启程的时候，同学的家人因她没有考入本科院校而再三阻挠，让她回家照看家务。

在决心和眼泪中，她却毅然决然地背着行李箱，向亲戚筹借好学费、生活费，和我一起结伴踏入了距家乡千里外的城市。

大学毕业以后，我们相互鼓励，终于在2013年一起通过考试，被地方事业单位录用。试想一下，如果她当时放弃了求学之路，听从了家人的意见，我想她最起码不会有一份可以供养自己的工作。现在说来，真庆幸她当时的勇气和选择。

2014年，因为老家的院落和土地被征用，父亲接爷爷、奶奶来小镇上和我们住在一起。2015年，父亲才重新在老家盖起一院屋舍。最后，爷爷看到房子建起来，还是选择回归故里。一开始，我们都不理解，后来我渐渐明白，原来他们选择的是和他们紧紧相依了一生的黄土地，选择的是属于他们的一草一木。

最终，我们选择理解。

礼物

这期节目是和母亲一起看的，看到了离开荧屏已久的倪萍阿姨。当晚，她朗读了自己的书《姥姥语录》中的一段文字，情动荧屏，令不少观众落泪。

如今的她身形臃肿，脸上布满皱纹。多年抽烟导致牙齿不再白净，棉麻质地的宽大衣服，外加一双平底鞋，如此穿着打扮更是透着一股“放飞自我”的意味。曾经“央视一姐”的名号笼罩着她的前半段人生，而一旦离开央视，人们对她的近况并不完全知晓。这些年里，倪萍几乎没有对外公开谈论过自己的这段往事。节目录制前，倪萍才向董卿平淡地讲述自己因儿子身患先天性白内障而改变的人生轨迹。她对董卿算是“和盘托出”。

倪萍在接受记者采访时说："对我来说，这些经历我讲出来，对大家也许都有一些好处，就是说，我们在苦难中变得更加坚强。"对于自己在朗读中滑落的泪水，倪萍说："那天我情绪上真的是抑制不住。"

活得通透的倪萍，在多年淡出公众视野后早已找到了自己的人生哲学："大众意义上的名和利都远远不能满足我们的内心渴求，这个渴求说大无限大，说小也无限小，大小都遵从自己内心真正的需求和愿望。什么都尝过了，什么都拥有了，你才知道什么是你想要的，什么是你能吞咽下的，什么是可以在你生命里再生的。"

在节目播出后的当晚，倪萍应记者们的强烈要求，接受了大家的微信群访。她说如果有来世，不要爱情，不要孩子，不要父母，她就想一个人过…… 那10年为了孩子，她债台高筑，迅速衰老。拍杨亚洲的《雪花那个飘》，零下十几度，她的脚在冰河里泡太久受了大寒落下了病根，现在腰不能久坐，腿不能久站。但她还说感谢有这份苦难，让她变得更加坚强。

如今儿子是倪萍的全部，她对名誉、金钱已不再有任何欲望。未来，她有两个心愿："一是写长篇，写一个清冷的母亲。写我们姥姥、妈妈、我这一代，以她们为引子吧。我着重写女人与女人之间的感受，亲情和血缘的感受。还有一个，是希望儿子身体健康，等以后可以让我帮他带带孙子……"

通过倪萍阿姨的讲述，我们了解到她放弃事业的选择、在家庭变故中的困惑与挣扎，以及家人给予她的坚强支撑。2014年，倪萍重返央视舞台，守候她的观众是她失散多年的礼物。

我想，或许在漫漫人生路上，在这个世界上，有多少种爱的表达，就有多少种礼物。好好珍惜我们生活中的每一份"礼物”，因为它可以令我们的生命更加丰盈充实。

第一次

炎炎烈日肆意烤晒着整个小城，盛夏里，那些浓郁的香气正在蔓延开来。其实，这样的景象在北方的小城并不是第一次出现，却有人在这样馥郁的季节里经历了人生众多的第一次。“第一次”，这三个简短而干练的字眼却有着满满的仪式感。我们都是第一次过自己的人生，难免紧张、笨拙和生疏，但也伴随着内心的激动、新奇和期望。

我一直在父母的庇佑下成长，我和弟弟一直都离不开他们的管束和阻挡。2013年，我们冲破家庭“桎梏”，有了第一次说走就走的旅行，这是我们首次放弃家人经济上的支持走出去。

五天的北京之行令我印象最为深刻的不是故宫雄伟的古建筑，不是气势磅礴的长城，而是火车站的汹涌人潮。

离开北京的那日，退了房间，背着背包在颐和园游荡了大半天，然后直奔火车站。在等候检票的过程中，候车室里没有一个座位，周围很多人铺着报纸席地而坐。走了一天，我已精疲力竭，拉着老弟找了个空位坐下来，呆呆地望着这个制造喧嚣与热闹的地方：这里就像一个闹市，人来人往，熙熙攘攘，那些提着大包小包的人，啼哭的孩子，啃着烧饼的民工，挤在售票窗口急于买票的人们，都在终点寻找自己的目标和方向。我想，这就是所谓的生活吧。

火车站是起点，也是终点。我第一次突然觉得，在茫茫的人群中，自己真是渺小。当时我便问自己，我在这个地方能否生存？就算可以生存，那我还可以干什么？如果求得生存，生活每天都要在人群的大潮中迈着匆匆的脚步穿梭，会累吧？会辛苦吧？

时隔几年，这种恐慌并没有随着时间的流逝而减轻。我依然为我的不努力而羞愧，但是也为这第一次出行和今后的每一次新的尝试而庆幸。

眼泪

眼泪是无色的，但是它分明有着最丰富的体验。

从我们呱呱坠地起，或许就意味着眼泪终将伴随我们的一生。眼泪的滑落，或开心喜悦，或难过伤心，或幸福相伴，或孤独难耐……

《朗读者》本期邀约的嘉宾是著名演员斯琴高娃。斯琴高娃是一名资深演员，正如董卿所说，如果演戏是假，那她投入真实情感去演戏却是真的。这期节目中斯琴高娃声情并茂地朗读了贾平凹的《写给母亲》，不得不承认，文字的感染力真的是巨大的，开篇的第一句话就令人心生悸动：人活着的时候，只是事情多，不计较白天和黑夜。人一旦死了日子就堆积起来，算一算，再有二十天，我妈就三周年了。

董卿转过头去，台下的观众潸然泪下，我也被作者的言语感动得无以复加。我想当这样的场景出现时，每个人或许都会想到自己的母亲，如果母亲健在，一定要好好孝顺。

告别

董卿说：“有些时候，告别是主动的选择；有些时候，告别是被动的承受……面对告别最好的态度就是好好告别。”

小时候，在家人的庇护下，我奔跑在故乡的黄土地上，转动着风车，笑声爽朗；上学以后，告别了自由无束的时光，只能轻轻对它说再见。

长大后，我了解到成人世界的不易和社会的残酷，但我们有梦想有青春，不怕风雨不怕跌倒，在跌跌撞撞的青春岁月里一边追梦一边告别，告别那些不属于自己生命里的人，告别黑板、老师、课本、书桌和操场，告别十多年的那些懵懂无知却也无畏的青春岁月，告别曾经以为会一辈子都能走下去的人。

“人世间每一次相遇都是久别重逢，每一次再见都可能是再也不见!”朗读者曹文轩说告别有好多种，但是诀别是最让人难以接受的告别，与亲人的死别最让人难以接受又不得不接受。我想在未来的日子里，即使生命里免不了生离死别，我也一定会好好地、用力地告别。

勇气

海明威说：“勇气，是在压力下仍然能够表现出的优雅。”

看到这个词，大部分人首先想到的是自己生命里那些获得成功的事情。但是有些事情无论成功与否，只要勇敢地跨出了第一步或者跨过去了，都是一种勇气。

布鲁诺是勇敢的，因为他拥有为真理献身的勇气；贝多芬是勇敢的，因为他拥有挑战命运的勇气；屈原是勇敢的，因为他拥有为国投江的勇气；戚继光是勇敢的，因为他拥有上阵杀敌的勇气。莱特兄弟没有创新的勇气，就不会发明飞机；李时珍没有献身的勇气，就不会编著出《本草纲目》；袁隆平没有突破的勇气，也不会成为杂交水稻之父。我们钦佩鲁迅先生，因为他敢于向黑暗的社会宣战；我们敬爱毛主席，因为他敢于从枪林弹雨中拯救中国；我们崇拜海伦·凯勒，因为她敢于与令人窒息的黑暗和无声的世界搏斗；我们赞美王昭君，因为她敢于独自出塞，去那天寒地冻的边疆完成民族和平的使命。

……

我想，人们对成功者的钦佩、崇敬、爱戴，归根到底都是对勇气的歌颂。

家

家，提起这个简单的词，仿佛有千万种言语争先恐后地从嘴里冒出来表达对它的依赖和爱恋，可是有时候也会忽然词穷到不知从何说起。

倦鸟归林、游鱼归渊、落叶归根，这都是对家的渴望，也是生命在追寻着的一种归宿。我们每个人都有不一样的家，但对于家，情感上的依赖是一样的。

我爱我家，疯狂地爱着。

结婚之前，2015年的春节我是在老家过的。离家那天的日记是这样写的：踏着故乡纷纷扬扬的雪，我离开了。坐上车，望着窗外转瞬即逝的草木和大地，我把额头轻轻地抵住玻璃，在心里向故乡的大地告别，一路向北，我来到了小城。除夕的前一天，阳光温热明媚，我和弟弟依然回到老家，陪伴爷爷奶奶过年。爷爷早已为我烧好了炕头，奶奶炖了整锅芳香四溢、美味可口的鸡肉……

随着我们的成长，他们渐渐老去，我愈发觉得，子女长大后，学做的第一件事应该就是成为父母家人的依靠。我感谢上苍给我一个我一直拥有的安稳的家。愿你我出走半生，归来亦是少年，故居在，父母在，家亦在。

味道

脑海中时不时会浮现这样的一种画面：天空湛蓝，流水潺潺，蝉鸣鸟叫，在一片偌大的麦子地里，爷爷奶奶不停地挥动着手中的镰刀，将小麦割了一茬又一茬，然后一捆又一捆地绑起来拉到大场里。我不知道这样的情景距离现在多长时间了，也说不清楚记忆为什么总在这样的画面里打转停留。后来我想了想，我是眷恋当年时光里那种舒缓的节奏，还有那些黄土地里的味道吧。

记忆最深刻的味道是什么呢？母亲做的菜的味道，恋人手指的烟草味道，孩子乳臭未干的味道，爷爷的旱烟味道，奶奶的烙饼味道，还是那股笔墨浓浓的书香味道……

此刻的你想起了什么味道呢？

那一天

2009年6月，记忆被一张照片定格，我的高中时代结束。

9月，我不让父亲远送，第一次远离家乡，来到一个全然陌生的城市求学。记忆里，那天校园灯火通明，来自各地的学生在这里相遇了，各自迅速整理好床铺，没有亲人朋友，大家相互陪伴，互相帮助，一住就是三年；2012年，毕业的那一天，丁香开满整个校园，但是寝室忽然变得杂乱不堪，大家收拾好铺盖，都没来得及好好告别就远去了，当时的我们没有想到，有些人真的就再也见不到了。

那一天，我失去了曾经以为会相伴一辈子的人；那一天，事业单位考试成绩出来，母亲无比激动，眼角有泪水溢出，而我，也终于给自己、给父母有了一个交代；那一天，我遇到的G先生陪我爬山、散步、打羽毛球；那一天，我选择中式秀禾服在吹吹打打的车队中成为新娘……

在我们的生命中，有许多个值得我们铭记的日子，或幸福或悲伤，这些都会堆砌成我们的青春，我们的过往，我们生命存在的意义。

青春

“青春仿佛是一种宣言，它昭示着自古英雄出少年的激情；青春是一种姿态，心有猛虎，细嗅蔷薇；青春也是一种勇气，带着加速度在奔跑，渴望找到未来的答案。”董卿的这段开场白让人浑身充满能量。

2009年，我18岁，写了一篇《我的十八年，我的朋友》，虽然文字有些悲凉，但是依然触动了我。那时正青春，拥有自以为可以相处一辈子的朋友。只是如今看来，那时候的以为终究抵不过岁月的冲刷和光阴的变迁，写在文字里的人如今还留在身边的已经寥寥无几。

昨晚看到由郭敬明的小说改编的电视剧《夏至未至》上映了。镜头刚开始，一幅唯美的画面铺展开来：好看的校服、空旷的操场、葱郁的树叶缝隙里洒下来的阳光、不急不躁的微风，还有那个永远都趴在课桌上睡觉的男生……记忆如洪水般铺天盖地而来，我还是忍不住看下去，然后开始记录，因为这种记忆毕竟在漫漫的人生长河中只有一次，这种感情只有一次，18岁的青春也只有一次。

我有故事也有酒
恰逢七夕话一篇

2012年，我考试落榜，爱情失败。写字是我发泄情绪的唯一方式，我在自我救赎的过程中华丽转身，完美蜕变。多年的好友吐槽我："你把文字写得让别人伤春悲秋，自己倒好，整天逍遥自在。"我顿时捧腹大笑，说："我孤独无人陪伴，谁像你现在鸳鸯戏水，出双入对，我好不容易用文字消遣一下，你还要在这调侃，我容易吗我！"

我许久没有再写和爱情有关的故事和文字了。年少时喜欢一个人以为就可以一辈子。那时候，关于爱情的文字真是写了很多，我总是把自己的性格写得多愁善感，像是把生活里所有的不痛快都在用伤感的文字调调过渡，让自己浑身笼罩着悲情和绝望，屁大点事都要渲染得惊天动地，以为这样就可以打动一个人，留住一个人。

随着年龄的增长，我发现，用质朴的言语叙写生活本真才是最好的。遇到G先生之后，关于爱情的语言都是平铺直叙地话生活，没有渲染，没有煽情，但每一句都令人觉得真实、有意义。

2013年，我丢掉了记忆中那些黯淡的生活片段，用心去生

活，终于结束漂泊，获得安定，来到了新的工作岗位。

下班后，我径直离开单位在马路上拦截车辆，果断回家和三两好友去小镇热闹的街市谈天说地。我们一起来到二中校园，那晚清风徐徐，星空璀璨，花坛里不时传来蛐蛐的叫声。操场上空无一人，只有我和月慢慢行走，后来，G先生慢慢来到身边。

以前从没想过会过一个跨过昼夜的七夕，我和月怀念我们的豆蔻年华，怀念我们的青春岁月，怀念我们生活了六年的地方，怀念我们张扬的青春和高高扎起的马尾。我想这么多年来，我最最骄傲的事情便是我拥有的友谊在与时间赛跑的时候没有输给它。

今又七夕，月同学刚刚离开，G先生坐在客厅看电视，我坐在电脑前敲字，2017年，我们依然在一起。

其实每年情人节，电台除了为情侣准备喜庆也都会为单身准备一份伤感。往后的情人节我倒是幸福了很多，最起码当别人都是单身或者还在追求爱情的时候，我常常是被爱的状态。今天早上睡得迷迷糊糊有人提醒我别忘记今天的节日，祝福我快乐。

今日七夕，我细心地为G先生做饭，和他拥抱。

情人节快乐。

这世界莽莽洪荒，这岁月无从抵挡。一天一天的光景终是过去，多少人从两两相交到两两相忘，世间聚散之事不过如此。

像风一样自由

距离上次骑自行车已经过去好多年。

我学会骑自行车是在初中的时候，那时候不管不顾家人的担心踩着母亲的自行车摔了一跤又一跤，最终以报废两辆破旧自行车的代价学会了自如骑行。

后来，家里的自行车“退休”，母亲并没有再添置自行车，我也就没有了想骑就能骑的自由，久而久之也就逐渐淡忘了。

这次重拾起自行车是和几个朋友在杭州，用这个城市公共服务设施里普及最广的共享单车圆了一次骑行美梦。

我们像是一群得到灵魂释放的自由人，怀着各自的心事穿梭在大街上的人海和车流中，骑行了20公里，最后抵达西湖。

东南形胜，三吴都会，钱塘自古繁华。在自古繁华富庶的杭州城，美丽的西湖是她的“根”与“魂”。西湖傍杭州而盛，杭州因西湖而名。西湖的美，让无数文人墨客、中外游人流连忘返、魂牵梦萦。

“山色湖光步步随，古今难画亦难诗。”春有如烟绿柳，夏有万亩荷叶田田，秋有三潭印月，冬有红梅疏影横斜。苏堤春晓、断桥残雪、柳浪闻莺、曲院风荷、雷峰夕照等“西湖十景”吸引了众多游客。西湖，有着赏不完的景，更像是一本读不完的书。

我们在此流连忘返，虽觉疲惫，却又倍感新奇刺激。

夜色临近，我们又一次骑车奔赴钱塘江大桥，整个城市氤氲在成千上万的霓虹灯下，这是我在这个温柔的水乡城市里度过的最美好的一个夜晚。

如果能够令人永久铭记这个夜晚，我想记录永远都是最靠谱的方式之一。

钱塘江水在两岸黄色流动的灯带下缓缓荡漾。

人行道、车行道用红蓝两色相间开来，小孩踩着滑板急速闪过，不远处的情侣漫步在江边静静地享受这份安详时光。

我们骑着单车任由晚风吹拂，我心里很清楚，这种自由得像风一样的青春时光享受一次便会减少一次。

我们不停地骑行，晚风一次又一次拂过我们的单车，拂过我们的耳旁，还有我们一起相聚的青春时光。

最可爱的人

温度骤降，一夜之间树叶摇曳飘落。秋天落幕，冬将至，又一年。看看身边都有哪些变化呢？还有哪些未曾改变抑或始终存在和坚持的？

2015年10月28日，凌晨4：30，0℃，大雾弥漫，周遭昏暗、朦胧、静谧。北方十月底的天气已经非常寒冷。当大家还在温热的被窝里伴着美梦熟睡时，却有人已经在昏黄的路灯下开始一天的工作了。他们就是我们城市卫生清洁保护离不开的人，他们就是我们应该尊重却常常被忽视的人，他们就是为了城市环境、为了生计宵衣旰食的环卫工人。

记忆回到两年前，那些和他们在一起的日子。

2013年夏，一场连绵的大雨给家乡诸多地方造成威胁和损害。防汛抗洪成了各个单位的主要工作。因为持续降雨，冲刷的淤泥覆盖了县城南区两旁的公路，放晴之后，单位组织环卫工人在曝晒的太阳下拖着疲惫的身体，清除马路边上的淤泥，根本来不及话饥饿，更别说回家去休息。

整整一天下来，他们用自己的汗水和力量还给了我们一条通畅整洁的马路。

2014年寒冬。北方的大雪总是令人猝不及防。当我们因为雪花降临的美丽而欢呼雀跃时，环卫工人又一次冲锋陷阵。他们在天凝地闭、滴水成冰的大街上默默地顶着风霜清扫着广场、人行道，铲除马路中央因为严寒而结成的冰溜子。这样，行人出行就不会因此而趔趔趄趄，还会多一份安全和踏实。

这些都只不过是我和他们共同经历的时光片段。他们日复一日、年复一年用一把扫帚扫出了城市的文明和整洁，无论严寒，不管酷暑。他们用衣服上的污渍、冻皴的双手、脸上的皱纹和汗水甚至于自己的生命告诉我们：感恩生命，学会珍惜，因为生活已经如此不易。

让我们来爱护、尊敬身边辛勤劳动的清洁工人吧！

秋风起，“沙沙沙……”的声音又在耳边响起，天亮了。

看望爷爷奶奶

2012年2月14日下午，我坐上回老家的车。

快开学了，我想再回去看看爷爷奶奶，帮他们整理整理屋子，收拾收拾家务。下车后，大巴车起步的引擎声再次传来，车轱辘往前走的时候，飞扬的尘土迎面扑来，我顿时灰头土脸。

顺坡而上，走到大门口，大门锁着，我才知道村里有人家娶媳妇，爷爷奶奶去帮忙了。就这样，我在半阴半阳、看似无风却有风的大石子路上站了足足一个小时。

好在天黑之前，爷爷回来了。因为换了睡觉的地方，我一晚上醒来好几次。黎明破晓，鸡鸣开始，持续到早晨十点半，我愤怒、抓狂，然后被逼迫着起床。想起电影《人在囧途》里有一个片段：徐峥和王宝强分别扮演的李成功和牛耿因在回家的途中频频出现意外，两人住旅店同睡一张床时，李成功被牛耿的打呼噜声、磨牙声以及公鸡的鸣叫声折磨得睡意全无。

起床后吃完饭，我和爷爷抬出洗衣机，开始搜集所有不干净的衣物进行清洗、晾晒。定睛一看，已经下午三点多了，这时只见爷爷提着个塑料小桶，说是要粘一粘漏水的地方，可是这一粘，一股烧焦的塑料味弥漫在屋子久久不能散去。我劝说爷爷改天去集市买一个，别粘了。他就是听不进去，嘴里念叨着，以前什么东西坏了都想着怎么修，现在什么坏了都想着换。

翌日，阳光甚好，爷爷奶奶搬出所有的玉米倒在院子里，开始捶玉米，我也拿起棍棒来帮忙，没过多久，手上就起了水泡。“妹妹坐船头，哥哥岸上走”的电话铃声响起，我以迅雷之势跑去接电话。不好！那只啄人的大公鸡就在前面，折回去拿起窑洞门前那条防身的鞭子继续狂奔接电话。我已经活到出门需要防贼、在家需要防鸡的份上。没事没事，生活中的大困难、小坎坷比比皆是，我需要“披荆斩鸡（棘）”才是。

渴望幸福

从考场走出来，我不想多说一句话。既然没有肩膀借我哭泣，那么缄默依然是我最好的姿态，当然这无关考试结果的好坏。既然暴风雨已经来了，那就让它更猛烈些吧。我只是觉得紧绷的神经终于松弛下来，不用再为了考试禁锢自己的情绪和思想，我说过，自己天生使命感太强烈，容易给自己戴上厚重的枷锁。

2012，我过得特别不太平，考试、爱情相继失败。

你知道伤痛是什么？伤痛是我们都对经历过的那么多事念念不忘。不是说伤痛不过百日长吗？我是因为这句话才勇敢放弃的。

可是，时至今日，为什么我还不能医治好自己？我说过现在让我回忆从前，不如直接扇我的脸。与你一起的那一大段时光，我是孤寂的，咬牙坚持的，不愿提起，像是在被时间巨大的手掌推着往前走，才挪过了那一片迷茫无助的低潮。

我以为我可以一生只爱一个人的，但后来我发现我撑不住。

三年前，我曾想过自己在毕业时失去所有，但是却从未想过要失去你，那个我曾经爱过的、愿意用生命的全部热忱去交换的你。我从来不怕别人爱你，我以为我会用我的爱将那些人打败，可是我害怕你爱别人，这是最让我绝望的。

我不得不承认，时间真是最强大的利器。有一大段时间，为了以后可以选择而不是被选择，我像个钢铁人一样活着，我没告诉过任何人我是如此的拼命，其实我很害怕，害怕我的选择是错误的，所以我不断向自己证明，我的选择没有错。

可是，亲爱的你，我想如果真的有来生，我并不想和你相遇。因为我们的气质太相似，都固执倔强而嚣张，任性骄傲而狂妄，不肯委屈自己。

所以，我们只能被岁月分离。就像我，曾经以为我们一定可以在一起，以为我们都不会放开彼此，可是同时我又忘了我是受惯了刀剑的人，看不得你澄澈的眼神，承接不了你给的未来。现在，我只是无法原谅自己，后悔没有与你好好告别。

我一直把农历新年当成一年的结束，这或许是我今年最后一次坐在电脑前敲文字，明年今日，我相信一切都将改变。

这次考试，我不知道会不会如愿。但我知道，此刻我是如此渴望幸福，渴望没有光明的漂泊结束。

向阳而生

父亲曾说，和身边的同龄人相比，我是一个非常幸运的人。从小到大，我都活在宠爱里，父母宠爱，朋友维护，老师关照，就连这样漫不经心地写字，都能得到大家的称赞。虽然自己心里清楚很多人只是恭维，但也或多或少增添了虚荣心。

时至今日，在离开你之后，我开始很少做梦，但眼前总会出现幻觉：大雨侵袭过后的海边，乌云消散，阳光如赤金般穿透而来，一瞬间，天地清晰，海天湛蓝。也不过几个月，在此时此刻，我已经有了自己的新天地，并且很快乐。在此，我真心感谢你回头给我的安慰，感谢父母在物质上给予我的支持，感谢在我困难窘迫时拉了我一把的朋友。

十多天前的一个晚上，我坐在电脑前，写了很长很长的文字，最后又一个字一个字地删掉，因为我觉得有些话当时不说，那就不要再说出来了。

学习新技能的时候，我承认我不是一个聪明的人，很多时候，我都觉得自己很愚笨，学不懂数学，思维不够敏捷，记忆力貌似也很差，新事物一时半会儿接受不了，唯一的长处就是记在心里的永远都忘不掉。这么多年，总以为自己百炼成钢，所以横冲直撞；总以为自己永远都不会受伤，所以头破血流也假装铁骨铮铮。

我长这么大，衣食无忧过，也漂泊孤独过，得到过，也失去过，好在练就了积极的心态，谈不上宠辱不惊，但也能够越过悲伤，披荆斩棘，向阳而生。我还不停地告诉自己，要善良，要勇敢，要快乐，要坚强，不必勉强自己，不要再留恋你，关于过去，关于你，告一段落。

或许不久的将来，我们会寻找到属于自己的幸福，只是唯一遗憾的是，你的幸福不再是由我来给，我的幸福不再是你的陪伴。我也不会用你知道的或不知道的各种方式关注你了，我会如你所说做勇敢坚强的姑娘。

说什么幸福，说什么难过，都不过是一念之间，最糟糕的时刻已经过去。尔后，全世界都为你保驾护航。我很喜欢《圣经》里的一句话：我又看见一个新天新地，因为先前的天地已经过去了，海也不再有了。

笑忘书

答应过自己不熬夜，还是没做到。

早晨醒来，隐约看到阳光透过窗户照进来，拿起手机看看时间，才六点多钟，还可以睡一会儿。

昨晚和朋友聊天说，我睡眠质量向来不大好，因为失眠所以有点抑郁，失眠太可怕，让我过分焦虑。他说等一切尘埃落定就会好的，我问会吗？他说当然。此时，我并没有因为他的言语而感动，却因为他肯定的回答多了份踏实。也罢，不杞人忧天了，反正现在是阳光温热，岁月静好。不念过去，不惧未来，才是应该怀有的心态。

记忆中的夏天是什么样子？燥热的空气，氤氲的黄昏，孩童的冰激凌，还有站在家乡大桥上眺望那抹夕阳西下的光芒如赤金般穿透而来，以及满脸笑容的我们。

2013年，夏将至，艳阳天。成千上万的飞鸟突然飞过血红色的天空，照耀了曾经微茫的青春和彼此离散的岁月，来路不明，去路不清。过不久，我不得不做自己的事了，可是当下这几个月是我日后想起都会嘴角上扬的日子。我喜欢这段日子的自己，明媚温柔，笑容可掬。我享受这段时光，有喜欢的人可以喜欢，有牵挂的人可以牵挂，有歌可以听，有书可以看，有酸奶可以喝，有母亲的饭菜可以吃，有说走就走的自由，有人倾听，有人陪伴。

这段时光让一度沉默的我，变得那么澄澈明亮。是的，幸福，除了自己，谁都不能叫它打烊。

而那个冬季，我总觉得自己的生活犹如一潭死水，注入不了清澈的活水，以至于任它变浑变臭。

立夏时节来临之际，我和三两好友疯跑了两天，享受了春风拂柳、嫩绿盎然的美景，俯瞰了逶迤连绵的众山并心生敬畏，也忽然明白：失之东隅，收之桑榆。我想这是一段且行且珍惜的小旅程，或许以后都不会再有。我并未许愿，所以也无谓去还愿。

因为长期窝在家缺乏锻炼，一觉起来之后腰腿疼痛，于是我下定决心每日早起跑步。当然，我把这话说出来的时候我知道又有人要嗤之以鼻了，可是我真的是这么决定的。

对着镜子，看着自己的长发，突然想剪个短发，但是我怕被朋友说，因为短发比长发还难打理，而我又比较懒。去年冬日，我曾想过剪个板寸头，当然，这建立在我必须先减肥的基础上，不然头大脖子粗，会让别人误认为大款或伙夫。

起床后，又听刘若英的《我们没有在一起》，听说那是她唱给陈升的。歌里写道：“我们没有在一起至少还像家人一样”“我们没有在一起至少还像情侣一样”。她始终放不下他，他始终恪守距离。我知道，我们做不到这样。我天生感情淡薄，所以有时不太懂那种浓烈。我自私顽固，只愿接受别人的付出，却不愿对别人付出。

或许不久的将来，我们也会寻找到属于自己的幸福。

往温暖的岁月里去

父亲将老家的房子收拾好之后，爷爷奶奶又重归故里。爷爷下午准备离开小镇，他依然早起，在院子里扫地，收拾东西。他整理了一些东西让我带走，有一罐土蜂蜜，一袋核桃，一篮土鸡蛋，脸上依旧是朴素而安静的笑。

高中毕业那年，站在家乡园子畔，看到脚下有一大片广袤无垠的麦子地，大风吹过，麦浪起起伏伏，让我内心久久不能平静，那是我成长中第一次发现自然美有那样一种震撼人心的力量。

后来，故乡的老院子因为修路被拆除，去年父亲又重新修建一院落，红瓦白墙，大门外有一片玉米地，环境优美。

父亲从小生长在这里，我和弟弟也在这里长大，这里更是爷爷奶奶生活了一辈子的地方。

落叶归根。即使爷爷奶奶离开黄土地之后衣食无忧，儿孙承欢膝下，但也抵不过他们对故乡的思恋。他们热爱这片山丘，这里承载了他们毕生心血，这里更能安放他们的灵魂。

这个月我还参加了两个人的婚礼，一个是高中同班好友，一个是从小玩耍嬉戏的表妹。自此，他们有了家庭，有了责任，有了相濡以沫共白头的爱人，终于不再是一个人看世事变迁，真为他们感到庆幸。

尔后，频频有人问起我什么时候结婚，这对我来说的确是一个觉得美好而又后怕的问题。美好在自己也要穿上婚纱嫁给所爱之人，做别人的妻子，做孩子的母亲，从此之后举案齐眉相敬如宾过一生；后怕在未来生活道路上总有惊涛骇浪，我以怎样的状态和心境才能和他共同支撑起一个乐园，并且还能保留自己的梦想和自由。

所以，我总是说再等等，再等等。

但是我心里清楚地知道，无论是想要遇到一个优秀的伴侣，还是想要拥有爷爷奶奶那样白头偕老的爱情，首先自己得做一个良善之人，这样才能让温暖在岁月里流淌，才能往温暖的岁月里去。

回家途中，天气晴朗，有成片的白云飘过，行人步履匆匆。

人到了一定的年龄行走江湖，得学会携带着“问题”前行，与不那么容易的事情同生共长。

2019年3月，我依然在这里。

你好吗？我很好。

生活要真实　精神要富足

一

吃完晚饭，弟弟刷洗碗筷去了，我则开始刷起了微博。看到有人做了美味的蛋糕和奶昔，用漂亮的杯子盛放，精致小巧且可爱，我转过身拿着手机对弟弟嚷嚷："你看看人家的生活都是怎么过的呀，看起来好精致。"他抬头瞥了我一眼嘴里念着："能发出来的东西，在光鲜的背后也有不为人知的一面，真实的生活和我们现在是一样的。"

做饭、吃饭、洗碗或者买饭、吃饭、扔垃圾，就是真实的生活。并非每天大鱼大肉才是生活，我们的快乐和享受可以来自很微小的事物，而这个道理，我却至今才明白。

二

父亲说："你准备把工资全部买成衣服裹在身上吗？"我瞬间沉默，然后反复思索。是，从领取第一笔工资开始，我碰到喜欢的东西都会统统买下来，包括衣服、鞋子、包包、饰品……毫无控制。长久以来，物质上精益求精，精神却愈发贫瘠。这些外在的东西并没有让我拥有更多的快乐，虽然这样的生活是我22岁之前一直都想要的。我知道，追求浮华虚荣的东西太久了，整个生命便无法得以平衡。

我第一次这样反省自己。

终于嫁给了王子

不久之后，我也逃不过世俗的套路，在吹吹打打喧嚣热闹的锣鼓声中嫁给了G先生。

谢谢你，生命

在那个春暖花开的季节，我遇见了一个笑容明朗、内心善良的男子。与他相识，就像两个人在路上走累了顺势坐下来那般简单和自然，我就是这般不加设防地让他靠近自己。没有牵强，没有考验，没有浮夸，没有大起大落、大喜大悲，没有甜言蜜语、穷追猛打，一切都是那么自然地发生着，然后在彼此的生命里扎根宿营。

遇见他，是我生命里的一个惊喜。而我更加庆幸，自己依旧可以相信爱，勇敢爱，用力爱。

在辞旧迎新的这一天，抬头仰望星空，许下最美好的心愿。

谢谢你，生命。

周末我们推着安吉来到公园，经过一大片迎春花地，花朵在阳光的照耀下恣意盛开，新抽出的柳枝在清风的吹拂下随意摆荡，迎春花年年都有，孩子的童年仅有一次，弥足珍贵。

幸福就是从我们俩变成我们仨

在岁月静好的漫漫人生路中，幸福由我们俩变成我们仨。

我将开启一段新的旅程，来年的春天，在杨柳依依、桃花灼灼之时，我将成为一个小生命的母亲。

一直本能地认为，建立一场亲子关系是上天对一个女人的眷顾，从此，我好像有了软肋，又好像有了盔甲。

现在想着一路的孕育历程，真是既让人期待又漫长艰辛。

怀孕前三个月，因为妊娠反应，我坐在办公室，面对着电脑，忍着恶心不适，还是在竭尽全力地做好自己的本职工作，频频抬头看着窗外冬日灰暗空旷得连一只飞鸟都没有的天空。

宝贝，虽然有人对我说，我的生活会因为你的到来一地鸡毛，我的世界会因为你的到来更加“兵荒马乱”，可是我一点都不惧怕，因为你是一个独立的个体，你终会长大，会飞翔。于你，我们只是并肩走一程，然后相互陪伴、共同成长而已。

第五个月，妊娠反应变得不那么强烈，我可以简单地做自己想吃的饭菜，偶尔忙碌疲惫时和G先生一起去外面吃想吃的美味。

周末，和G先生一起去市里做了四维彩超大排畸，结果一切顺利。第一次看到了孩子的样子，医生告诉我们他在健康成长，一切正常，我们放心了许多。

第七个月，我感受到明显的胎动，只是现在想来有些遗憾，都没有坚持为孩子播放好听的音乐，也没有坚持讲好听的故事。但即使这样，我相信我的孩子也会在父母的故事中健康地成长。

第八个月，做了B超产检，医生说胎位不正，脐带绕颈。我们多少还是有些担心的，不知道后期是否能矫正过来。这个月，我们也都为孩子的到来开始准备各种物品。

2018年5月中旬，预产期即将到来。经过了万物凋敝零落的秋天、大雪纷飞的冬天和明媚温暖的春季，终于，我要结束这场旅程。

整个孕期还算顺利，没有频繁的呕吐，没有生病，没有太多不适，不用卧床休养，除了腹部随着胎儿月份增大日益隆起而不能自由地行走和奔跑，除了内心因为孩子到来的日子临近多少有些惶恐和焦虑之外，其他不适都在可控的范围之内。

九个月以来，我坚持吃健康的饭菜，坚持吃水果，忌食辛辣……期待肚子里的小生命能健康成长。

前日看到这样的视频画面：前路平坦宽阔，天空湛蓝，大风呼啸而过，一群人唱着朴树的《平凡之路》，这样的自由真令人眷恋和想念。

不可否认，孕育生命让我们在承受辛苦的同时，感知母爱的伟大和神圣。在这昼夜交替的孕育岁月里，护肤品、化妆品、高跟鞋完全被搁置，好看的衣服与大腹便便的自己更是无缘，体重从九十四斤增至一百二十斤。有人说我看起来一点都不胖，或许，人们对孕妇的包容不仅在身体和精神上，更是在视觉上吧。所以，因孕育生命而肆无忌惮地胖起来的人是很容易被原谅的。

如今，脑海里有无数的假设和想象，想着结束妊娠之后，我会干什么，我能干什么，我要瘦到多少斤，我要穿什么风格的衣服，我要去哪些地方，我们会不会为人父母尽职尽责……

婚姻让一个女人拥有了更多的角色，也让她承担了更多责任。我一直觉得女人是需要被爱、被照顾、被呵护的，可是结婚后发现，女人又是需要去爱、去照顾、去呵护别人的。

无论怎样，我们都会怀着最愉悦的心情，做最充分的准备欢迎你的到来并且给予你最温暖的爱。

幸福从此就是由我们俩变成我们仨。

我家附近公园的花开了

春天本身就是美丽绚烂的季节，微风不燥，天空湛蓝，嫩柳拂风，百花争奇斗艳。结婚以后，终日和G先生忙于生计，日复一日，没有惊喜，日子反而落得清闲自在。今日途经附近的公园，忽而抬头留意到这个季节带来的视觉冲击：红花绿草在春风中摇曳，缤纷绚烂。天上风筝渐渐多了，地上孩子也多了，不管是孩童还是大人都洋溢着幸福的笑容，快乐地奔跑着。

小城里的家家户户，老老小小，他们也赶趟儿似的，一个个都出来了。舒活舒活筋骨，抖擞抖擞精神，各做各的一份事去。“一年之计在于春”，刚起头儿，有的是工夫，有的是希望。我想，老家的春风也一定拂过爷爷奶奶的脸庞，吹遍了这片黄土地及回家的路。

爱就是在一起做好多顿饭

书上说，有热气腾腾的厨房，婚姻都不会太差。

我和先生谈恋爱时，只想跟他守住四四方方的餐桌，红烧，清蒸，爆炒，简简单单，外面莺歌燕舞与我们无关。只要他喝到了我花三个小时煲好的鱼头汤，再给几句夸奖，我便会觉得快乐无比。

所以啊，有人说很想谈一段俗气兮兮的恋爱，每天只需要在一起发愁“下一顿吃什么”，偶尔去新的城市，在那里的小吃街从头吃到尾，半夜点外卖要一点高热量食品，吃到心满意足。一起追剧的时候要薯片配可乐，我像个小孩子一样把薯片渣漏得到处都是，你一面佯装生气，一面又笑着摸我的头说：“你这个笨蛋呀！”

其实谁不需要人陪呢？人在吃饭的时候，想拉家常，想找个人聊口味，想一起碰杯。人在吃饭的时候，是最需要陪伴的。

我想起我的父亲母亲。在记忆中，家里的厨房从未被冷落过。20世纪90年代，供销合作社还在国营企业的行列里风靡一时，父亲常年在外，母亲作为供销合作社里的一员，即使再忙，也会抽出时间为我和弟弟做可口美味的饭菜。后来，供销社在市场经济的冲击下倒闭破产。从垄断到竞争，母亲在亲戚朋友的帮助下将自己所在的门市承包，她每天除了照应门市、照顾家之外，还得接送我和弟弟上学，为我们辅导家庭作业，生活变得更加忙碌。虽然生活艰辛，但是母亲对于我们的衣食从未懈怠过。或许潜移默化中受了母亲的影响，但凡时间充裕，我都会自己做饭，并且觉得做饭是生活里很美好的一件事情。

结婚以后，我和G先生的生活很规律，生活模式基本固定。每天下班后，一起去买菜，准备材料、烹饪、开吃、洗刷，整个过程让人觉得很享受。婚姻生活刚开始时真是委屈了G先生，他每天都硬着头皮吃着我"精心准备"但不知是啥味道的饭菜。但我心里清楚地知道，要想生活有滋有味，做好饭是十分必要的，要过有质量的生活首先得满足自己的胃。之后，在各种美食教程的帮助下，我的厨艺有了很大提高。

人生很苦，生活比几十年餐桌的菜色更复杂，但抛开外面所有的虚荣、谎言，最原始、最永恒的生活不过一日三餐、柴米油盐而已。不管是米其林三星，还是逼仄嘈杂的小馆子，不管是外滩旋转餐厅，还是校门外的小摊上最简单的一顿炒饭，如果有一个愿意陪你踏踏实实地吃完一顿又一顿饭的人，请一定好好珍惜。

如今，看着那些刚学习烹饪时拍下的照片，想起和G先生学习做每一道美食的场景，慢慢明白好好吃饭是一种人生态度，好好做饭也是对自己和家人的关爱。从今天起，和爱人一起烹饪美食吧。

从盛夏光年到岁暮寒冬

天气骤冷，一场雪花将这个世界从深秋带到了冬天，我们还没来得及感受秋日里的暖阳，便已经在瑟瑟冷风里行走。

很多人喜欢用白驹过隙来形容时光流逝之快，而这一年，时光匆匆于我也是一样的，转眼间，已入冬。时光在走，故事便一定会发生。

一个月以前，我满怀好奇和揣测来到医院，检查结果令我沉浸在一片喜悦和忧愁之中，喜悦的是体内有了小生命，忧愁的是在往后的日子里我将失去“自由”。

怀孕的缘故，“十一”假期我们都不像往日般再寻着这片风景或那个古迹外出旅游，而是选择了回乡，回老家。

在静谧的村庄，享受采摘和收获的乐趣，看西红柿、辣椒、土豆一筐筐被亲人挑回家，看荞麦被一茬茬割下来，看一个个结实饱满的玉米棒子被掰下来，看爷爷脸上露出的笑容。

记得回家那日，邻居家的老奶奶送来一些梨给我们享用，嘴里不停地念叨着："没啥给你们吃呀，没啥给你们吃呀……你奶奶那会儿栽的梨树结出来的苹果梨可好吃了。""现在是啥树都没有了。"奶奶在一旁应和着。

好久没有感受到这些细腻、美好、真挚的情感。眼前这样的画面，让我想起三年前，刚来到小城，父亲将我安置在一个小院的单间里的情景。小院空旷，有一畦菜园，主人是一个30多岁的热情女人，老公在外打工，她一个人带着三个孩子上学，孩子们乖巧可爱。平日里，她在生活上给予我很多关照。

结婚以后，我搬离了小院，有了新家。邻里之间的关系也有了改变：每天下班大家都会把自己关在一个规规矩矩的水泥"盒子"里，活在以自我为中心的天地中，和邻里之间虽近在咫尺，但十天半月不相见。若是刚好在楼梯相遇，大家也是脚步匆匆，随着砰的一声，谈话戛然而止，大家又回到了自己的"盒子"里。或许这是一种病态的生活形态，但是人们却习以为常。

国庆假期过后，我穿着厚厚的大衣来到单位，除了完成特有的任务，便开始对着书本和电脑发呆。不否认，这个假期滋生了我的惰性，寒冷和身体的不适让我无法自律和思考，冰冷的双手在键盘上敲不出只字片语，想要成为一个写字的人，但这种状态让我的内心变得更加焦灼不安。

头抵窗户，看到远处灯火璀璨，周围山势浑然壮美，夜空中有无数明亮的繁星。早上醒来百感交集，忽觉恍惚，看到窗外大雪茫茫，知晓冬天已经到来。然后在镜子里反观现在的自己，不过是三五年的时间，相比20岁的无知，更喜欢现在的沉着。

从盛夏光年到岁暮寒冬，不相信任何借口和理由、托词和辩论，只相信自己走过的路。

择一座城　爱一个人

2018年元旦到来之际，我参加了一场婚礼。这对新人在黄土高原明晃晃的天日里，在歌声和乐队的弹唱及大家的祝福声中，挽着手向各位宾客敬了酒，在熙熙攘攘的人群散去后结束了他们的爱情长跑。

我毫不犹豫地奔赴了这场婚礼，因为新人是我多年好友，我想，就让我也随着他们的仪式，再一次向我们渐行渐远的青春告别吧。毕竟，聚少离多是生命里最常见的状态，我珍惜朋友之间的每一次相见。

昨夜凌晨，我被一群少男少女持续不断的欢笑声吵醒。窗外雪花落下，白雪在路灯的掩映下变得昏黄，想起几年前某个冬日的夜晚，我们一群人也这样行走在小镇的大街上，为了所谓的“自由”，不顾家人担忧联合说谎。几年后，我们再次相见，当年的事成为笑谈。但是，那些年的任性放肆却成为我们最珍贵的记忆。

我成了母亲

2018年5月20日，农历四月初六，十一时二十九分，安吉终于出生了。孩子出生的那一刻，我整个人好像被掏空了一样，在这之前的两天，我和天下所有母亲一样，承受着分娩前宫缩带来的强烈阵痛。

后来，我对母亲和婆婆说，我真的感谢她们在描述当年我和先生出生时，总是可以把辛苦不痛不痒地随口带过，让我在预产期到来之前从未有过心理压力。经历过之后，才知道，那是真的痛。有时候我在想，或许天下母亲在很多年以后，已经说不清忆不起分娩的痛，包括我自己。只是想起当日，当医生和护士在为众多的产妇跑进跑出的时候，母亲和丈夫紧握我的双手陪我度过一波又一波的阵痛。

安吉出生以来，我和G先生夜晚再也没有睡过整觉。半夜醒来躺在床上，仍然听到他咿咿呀呀不肯入睡。前两天下雨，忘了关窗，醒过来发现洗的衣物都没有晾干且发潮，一下子不知该如何是好。少年时以为让我们烦恼的都是轰轰烈烈的大事，从来不会是这种琐事，而现在却担忧安吉是否会着凉。

某一天半夜醒来，看到妈妈在帮安吉换尿布，听到夏夜的清风从窗外吹过，忽然回忆起小时候，妈妈一边抚摸着安吉一边说我和弟弟也是从这么小长大，到幼儿园、小学、初中、高中、大学……再后来，翅膀就硬了，一个个都飞了。有了安吉之后，我才更加理解父母对我们的感情；有了安吉之后，才懂得，这辈子父母的养育恩真的无以为报。

此刻，我和安吉躺在宽大柔软的床上，我望着这个熟睡中的婴孩，内心温柔至极。是的，我愿意等上一辈子的时间，让他安安心心地把这个梦做好。希望以后长长的路，我陪着他慢慢走。

自此，一生牵挂，牵挂一生。

2018，我们彼此经过已是最美的遇见

入冬以来，家乡没有下一场令人欣喜的大雪。

2018年，转眼就过完了。

好像什么事情都没做，却又好像完成了生命中特别有意义的事情。元旦那天，我和G先生站立窗前看到一波又一波的烟花在空中绽放然后消逝，回头看到熟睡的孩子，拿出手机更新了朋友圈：2018没有什么比安吉的平安出生更令人觉得幸福愉悦。

二月

看春晚的时候听到了王菲和那英的演唱。“云很淡，风很轻，任星辰，浮浮沉沉”，十三个字，一笔带过这喧嚣的二十年，这份克制就像眼前这两位穿着紫衣长裙的女人。台上，王菲和那英两人手拉手，下台后，王菲跟那英撒娇：“哼，你刚都不看我。”那英却说：“我忘记啦。”

从相约九八，到二零一八，一晃二十年。

谢谢你一直这么好这么美这么洒脱不羁，让我有星追，有歌听，有勇气独行。

四月

最后一次见到外婆的时候，她说话已经含糊不清了。三天以后，外婆去世的消息传来，母亲说，她走的时候眉目安详平和，就像睡着了一样。外婆走的时候87岁。

安葬完外婆之后，便迎来了人间四月天。

人间四月芳菲尽，杏花装扮好春光。

忽抬头，满山花朵竞相绽放，阳光温柔明媚。

母亲说，自外婆去世之后，她再也没有梦到过外婆。

但我们都知道外婆一直活在我们心里。

五月

5月，安吉出生了。

2018年5月20日，我成了一位母亲。

安吉出生的时候，产房里有一抹阳光洒在他身上，空气中氤氲着些许灰尘，我看到护士捧起他缠绑脐带，安吉手脚不停摆动

哇哇地大哭着。那一刻我便知道，他注定是要“飞”的。

安吉是上帝送给我作为女人最好的礼物。

安吉从出生香香软软的小毛孩开始变得白白胖胖起来。只要他的头放在我的胸口就会让我觉得幸福；每天早晨看到他醒来抿着嘴唇露出的笑容我就觉得好像拥有了全世界。帮他穿小衣服、和他说话、轻拍他的小屁股、给他换尿布、帮他剪指甲、搂抱他、抚摸他、亲吻他的额头……和他在一起的每分每秒我都心生欢喜。

感谢这些日子，可以让我和他朝夕相处，我倍加珍惜这样亲密的亲子时光，一刻也舍不得离开。只希望在今后的岁月里，我们相伴共同成长。

以后，长长的路，你慢慢走，慢慢来。

七月

夏季。

生命好像获得重生一样。

身后的绿植翠绿繁盛，在细细的雨丝中更显明净。

有了安吉之后，G先生在小镇帮我拍了照片。

时至今日，我经历了怀孕之累、分娩之痛、月子之累、陪伴孩子之乐。“困”在家中，烦琐狼狈却也欣喜快乐。

八月

宝贝百天，早晨我做了简单的早餐，来不及洗锅刷碗筷，迅速化了简单的妆容，便和G先生投入到抓拍宝贝的“工作”中，总是想留住宝贝的每一个动作和表情，于是采用了连拍模式，一天下来竟然拍了上百张照片。

今天，我们都好像要奔赴一个约会。

永远都不会忘记这个阳光微弱的清晨，G先生睡眼惺忪地召唤我赶紧起床帮安吉拍照；不会忘记为了上镜，G先生刮胡须穿衬衣和我认真描眉的样子；不会忘记我们因为采用自拍模式而拍全家福的笑声……

回想起为安吉办理出生证明的那一刻，我和G先生才决定了安吉的名字这一幕。

父亲告诉我安吉五行缺木和金，说“梓”字不错，然后G先生上网找了许多属金的字让我从中选一个，我便选中了“琛”字。

梓属木，字意：一生清雅荣贵，智勇双全，官运旺，成功隆昌，环境良好。琛属金，字意：清雅荣贵，多才多能，中年成功隆昌，晚年吉祥，福寿之子。故取名为梓琛。

十月

晚上刷到了金庸先生去世的消息，有些感慨。有些人你明明从来没见过，却又觉得与他熟识已久。因为你在他的文字里，或歌曲里，度过了许多春夏秋冬。

这就是作家或歌手的魅力，他们的表达能让人感同身受。

我其实没有很喜欢武侠小说，可我喜欢金庸。

以前我念书时金庸武侠小说在校园内风靡一时，男孩子对里面的武功招式如数家珍，我却对里面的女主性格记忆深刻，不食人间烟火的小龙女，离经叛道却冰雪聪明的黄蓉，可爱到爆炸却痴情得让人心疼的郭襄，说出那句惊世骇俗“我偏要勉强”的刁蛮女侠赵敏。

金庸最厉害的是，他塑造的那些反派人物也让人印象深刻，李莫愁、西毒、梅超风、慕容复、丁春秋、东方不败。

我们在那些故事里长大，是一件很幸福的事。

对于先生，只有崇敬，以我的能力，也不足以点评先生。

倒是看过一个对先生的评论，我觉得写得真的很贴切，大概意思是，在华文世界里，金庸是个异数，贩夫走卒也好，达官贵人也好，无人不懂他，无人不服他。

先生，即便你不在了，你留下来的那个武侠世界，仍在影响着一代一代的人。

十一月

在看《找到你》这部电影之前，我上网搜了电影的简介，知道它一定会有某些或者某个点触动自己的内心，因为母亲这个角色自带软肋。

不评论电影，只说其细节。

孙芳因为无力承受医药费而被迫让珠珠换床时，她的绝望无助和珠珠的号啕大哭；孙芳在滂沱大雨里抱着死去的孩子孤立无援和崩溃悲泣；李捷发现孩子丢失后的近乎疯狂和不顾一切，找到孩子后跪爬在地的弯腰叩头痛定思痛；多多一边啼哭一边奔向妈妈的那一刹那……

每一个片段都令人潸然泪下。

整部电影里，虽然每一位母亲的社会地位、价值观念、人生经历迥异，但是，母爱是相同的。所以，在最后，孙芳选择了放手和解脱，李捷学会了陪伴和照顾。我想，只有成为母亲以后，才能够如此感同身受。“找到你，真的是找到了自己。”

片尾，电影台词里说，这个时代对于女性的要求太高，回过头想想，如果每一个孩子都有一个负责任的父亲，就不会有孙芳的悲惨命运、多多的失踪、珠珠的死亡、李捷声嘶力竭的找寻，以及朱敏大学毕业后因为孩子做起全职太太，婚姻失败后争取抚养权的艰辛。

十二月

正式开启上班模式。

《我和小镇》被《陇东报》采用，我十分开心。因为文章是我从小到大成长的经历和轨迹，有我对小镇的牵念和回忆。

2019，家和单位将是我生活的两个端点，每天都在这两个点上往返，想要享受家的温暖，又期待工作上的进步，如何平衡，是我今后要学习的。

一直以来，总觉得农历年才是新一年的开启。

抓住2018的尾巴，跟着手机相册里的照片和日期又把2018重新过了一遍。

新年伊始，总结旧事，计划新事。

2019，除了和安吉度过高质量的亲子时光之外，还想来一场旅行。

用好性情过好日子

阳春三月，草木萌发，群芳争艳。

然而，我的心情却没有因窗外明媚的阳光而好起来。安吉嘴角和鼻翼出现了针尖大小的痘痘，发烧的症状虽然得到缓解，感冒却没有完全好。

近日，总是因为家庭琐事而无法管控好自己的情绪，会对着不到一岁的安吉大声呵斥，而安吉也时常被我吓哭，依偎在奶奶的怀里用怯怯的眼神看着我，不吼不叫，失去了原来的笑容和言语。事后想起总是后悔万分。

从安吉出生到现在，我习惯了有他在身边的日子，每晚看到他双眸紧闭睡熟的样子，才会觉得安心，白天的疲惫也在这一刻一扫而空。5月份，准备给安吉断奶，结束哺乳期。过完年，家人都说趁着天气凉，孩子不受罪赶紧断，我却始终下不了决心：舍不得是一方面，最主要的是害怕孩子找不到妈妈而哭闹，我一直未做好准备去面对这个过程。

生活还是逃不掉朝九晚五。早晨从家离开的时候，安吉都会用眼睛紧紧地盯着我，直到门被关上；回家的时候，他会迅速爬到我的脚下笑着扬起头，当我蹲下身抱起他的时候感觉自己如获至宝。是的，安吉本来就是我的至宝。

时光匆匆，站在岁月的渡口，我有了一个重要的角色——妈妈，这是一个伟大光荣而辛劳的“职业”。成为母亲之后，才能真正体会到舐犊情深、血浓于水的爱。安吉，以后，长长的路，希望爸爸妈妈能够陪你慢慢地走，无论在哪，无论发生什么变化，父母永远是你的港湾，家永远都是你最后的堡垒。

婚姻这座修炼场
每个人扎进来都心烦过

前段时间就是否要把孩子送回老家一段时间这件事，和先生发生了争执，我坚持把孩子留在身边，而先生却坚持要送回去。我们便陷入持续的冷战之中。

后来先生去兰州参加为期一周的培训，走的时候招呼也没打。于是，我们都抱着对彼此的怨气过了一周。

几天后，先生回来，跟没事人一样，向我诉说他外出的所见所闻，我虽然平静下来听他说，可内心依然积压着对他的不满。我想，如果先生能在当晚、出门前或者培训期间主动和我联系，我就不会在他回来之后还对那件事耿耿于怀。或者说，我能放低自己的姿态，主动和他沟通，不会憋着气过一周。最后，我得出的结论是：我的计较和难过根本不是事件本身，而是先生在发生事情以后的态度，是的，态度。

每一个人在婚姻生活中都会遇到不同的难事、怪事、不顺心的事，以及各式各样的矛盾和冲突。当事情发生的时候，彼此若能放低姿态，相互理解和退让，事态就不会扩大，也不会再派生出更多的伤害。《奇葩说》辩手詹青云说：“我们无论吵架还是道歉，都是为了让关系更亲密。两个人都在气头上，站在各自的立场上都觉得理直气壮的时候，就要靠态度来打破僵局，态度先软化的人，不一定卑躬屈膝，不一定是昧着良心的妥协，而是传递无论我怎么生气，我最在乎的始终是你。”

我想，一个真正爱你的人，一定不会觉得吵架时先闭嘴是一种丢人的行为，而是明白如果赢了道理却输了你才是最得不偿失的举动。我之前在《爷爷的旱烟锅》里提到爷爷一辈子都在听奶奶唠叨，奶奶永远闭不了嘴巴，而爷爷却始终都在沉默，你说的对，我听一句，你说的不对我继续特立独行，我行我素。所以，双方的冲突在爷爷的沉默中灭亡了。如果爷爷句句和奶奶争，事事和奶奶辩，那么他们的婚姻即使勉强维持下来也必定不会幸福。

在一个家庭之中，父亲的稳定存在就像定海神针，让每一个人都在自己的轨道上行驶，同时又保持连接，让家成为一个有机的整体。先生虽然在婚姻生活中缺失浪漫和仪式感，可是自从有了安吉之后，他却不失为一个好爸爸。好爸爸的标志是什么呢？我认为是在月子里照顾妻子和孩子；在生活上陪伴和呵护孩子；在家庭中能够承担起一个丈夫和父亲的责任。我见过一些男人，沙发垫子掉下来都不会伸手去拉一把，更别说帮妻子分担家务了；对待孩子，从来都是孩子笑跟着笑，孩子哭就塞给妈妈，在孩子的成长中永远都是缺位的，让妻子在丧偶式带娃中度日。

不得不承认，随着时代的进步，社会对男性成功的标准也在不断地被重新定义，并不是能够赚钱养家就是好男人。在诸多家庭里，夫妻双方的经济收入和“江湖”能力都呈势均力敌之态。所以，男人除了提高自身价值外，更应该俯下身子、放低姿态帮助妻子分担家务、照顾孩子，和妻子共同撑起一片天。一个和睦的家庭从来都是夫妻双方相互扶持、彼此理解、共同进步。婚姻生活中不单有葡萄酒、鲜花和蜡烛，还有厨房里一堆没有清理的盘子和碗。只有夫妻双方找准自己的定位，扮演好自己的角色，这个家庭才能获得幸福感，孩子才能在有爱的环境中成长。

我们当地有句俗语："一个婆娘娶不好害三代人。"话糙理不糙。一个好的妻子是一笔巨大的财富，夫妻关系亲密，父母便不为之操心；丈夫如果发现枕边人是一个温柔体贴、甜美可人的妻子而不是一个邋里邋遢的家庭主妇的话，那么他对妻子也会多一分怜爱，家庭生活也会井然有序、融洽和谐。

可是怎样才能让自己的妻子为自己的生活添彩，《人性的弱点》第九章营造幸福中，帕克先生在新婚期间列出了十条有用的建议来解决婚姻中可能出现的问题和矛盾：

第一，除非有特殊的理由，决不要违背妻子的意愿；

第二，按照妻子的意愿，相互履行义务；

第三，从来不要责备妻子；

第四，从来不要轻视妻子；

第五，从来不因为妻子的要求而抱怨；

第六，鼓励妻子柔顺的品质；

第七，分担妻子的压力和负担；

第八，宽恕妻子的缺点；

第九，永远珍爱妻子，保护妻子；

第十，记住，永远为妻子祈福，这样上帝就会为我们赐福。

想想每个姑娘在出嫁前都是父母的宝贝，而步入婚姻生活之后，因为生产、育儿，家庭与工作难免失衡，从女儿到妻子，再到母亲，因诸多角色的转换而难免心生疲惫，这个时候，如果丈夫给予她诸多理解和爱护，她便会回馈双倍的温柔，家庭也会因此幸福温馨。

夫妻之间甜言蜜语从来都不是多余的，语言不仅是沟通载体，还承担着传达爱意、积累感情的重要使命。希望每个人对自己的伴侣所说的话都是温柔的情话，而不是在唇枪舌剑中一争高下。婚姻里，一荣俱荣，一损俱损。唯愿每个在婚姻生活中的人都能且行且珍惜。

婚礼纪 | 闺蜜，一生相伴

月是我最好的闺蜜，我与她的友情已有十六年之久。

月结婚前夕，我执意让老公陪我去看看她，老公说我这时候去帮不了人家的忙，反而给人家添乱，我没有否认老公的话，或许他说的也对。可是，我内心笃定地告诉自己，应该去，必须去，因为我要再去见见这个已陪了我十六年之久，即将步入婚姻殿堂的闺蜜的样子，就像去赴一场约会，没有任何的理由。

进门就看见亲朋好友在厨房和院子里进进出出地忙碌着，搭建遮阳伞、清除障碍物、蒸馒头、准备各类菜品等，月也在忙碌着。

离开的时候，和月相对站在家门前的梁峁山畔，看西沉的夕阳如赤金般穿透而来。我们再次感恩相遇，回忆往昔，并向青春告别，向过去告别。

对月来说，常年的漂泊磨砺了她坚毅成熟的个性。27岁的今天，她与所爱之人喜结良缘，结束漂泊之苦，终究是令人感动的事情。时至今日，我们都找到了生命中珍爱的伴侣，真好。

翌日，晨光熹微，我和几个好友相伴一起出发。见到月时，她已经换好衣服，化好了妆。只见她一袭红衣越发娇艳，辫子妥帖地附在她的披肩长发上，既优雅大气又温柔动人。

这天天气超好，晴空万里。携你的手，敬来宾酒，这就是爱情的样子吧。

细数我们一起走过的那些年，记忆还是清晰如昨日。

2003年，我第一次见到她。她性格恬静，爱笑，成绩优异，集万千宠爱于一身，老师喜爱她，同学喜欢她。我用她的橡皮擦，用她的笔，抄她的作业，缠着她帮我讲数学题，肆无忌惮。

2006年，初中毕业，三年的时光让我们变得更加亲密，好像是从小一起长大的玩伴，自由和谐，不可或缺，彼此珍惜。

2009年，在紧张忙碌的课业中迎来了高考。9月，我们一起踏足那个远离家乡千里的城市，在一个陌生的地域里相伴交心。

2016年，我和G先生办了婚礼。

2018年，她遇到了良人，他视她如宝。

2019年10月1日，婚车浩浩荡荡地从蜿蜒的山路向南奔向另一个小城，白色的拖尾婚纱让她成为最美丽的新娘。

那日她身着大红色秀禾，我知道她一直都很喜欢这种红色的嫁衣。

“你居然会用秀禾做敬酒服！”

“白色的婚纱代表婚姻里的浪漫，红色的秀禾意味着生活的重量，我都想尝试。”

“你可真行，都体验了。那你干吗要穿高跟鞋？”

“秀禾太长了。”

“已经1米68了，你要不要再高点。”

……

婚礼结束时，我问她结婚有什么感觉，她说好像参加了一场别人的婚礼。

或许，每个新娘子都是被整个婚礼程序推着前行的吧，但是婚后的日子却各有各的喜乐。

有些人只陪我们走过一段日子，有些人却可以伴我们走完这一生。不管是曾经的青葱岁月，还是未来的耄耋之年。

闺蜜一生相伴。

安吉学会走路以后，我们一有空闲就会领着他出去转。去年深秋的一个黄昏，公园里落叶铺了满地，空荡荡的枝丫指着清冷高远的天空，几片凋零的树叶随风旋转飘落，我席地而坐，安吉弯下腰捡起一片一片的落叶，跑过来放在我的手中。

用爱护航　陪你长大

——写在安吉两岁生日之前

2019年5月27日，阳光从阳台照进来，G先生养的文竹投下斑驳的影子。安吉穿着一件白色的Polo衫，趺趺撞撞地迈开了脚步，踏出了他人生的第一步。这一天，安吉1岁零15天。

安吉学会走路以后，我们一有空闲就会领着他出去转。去年深秋的一个黄昏，公园里落叶铺了满地，空荡荡的枝丫指着清冷高远的天空，几片凋零的树叶随风旋转飘落，我席地而坐，安吉弯下腰捡起一片一片的落叶，跑过来放在我的手中。我抱起他，“快看，小鸟……”我指着电线杆子上的几只麻雀对着安吉叫道。“巧巧……”我扑哧一声笑出声来，而后假装淡定地说：“不，这是几只小鸟，他们在电线上唱歌。”“小鸟……歌……”安吉重复着我的话。后来，为安吉读《小鸟、老鼠和香肠》的故事时，安吉总会指着封面上的小鸟说：“妈妈，小鸟。”

安吉跟随我们回老家，爸爸抱着他去摘西瓜，自家种的西瓜个头不大，安吉弯着腰，小小的双手学着爸爸的样子紧紧地把西瓜从底部托起来，“咚”，西瓜掉在地上了，安吉喊了一声“呦”，又一次拼尽力气把西瓜抱起来，在爸爸的“哄骗”下终

于把圆鼓鼓的西瓜放进了箩筐。从那个时候起，安吉看到所有圆圆的有条纹状的物品都会认为是西瓜。

我为安吉买了80本故事书，并把它们放在安吉可以够得着的地方，安吉喝奶的时候会看，在床上玩耍的时候会看，睡前依偎在我怀里也会看，我也会竭尽所能声情并茂地为他讲述书中的故事。

对不到两岁的孩子来说，带有鲜艳颜色图画的故事书的确能引起他们的强烈兴趣。

“噢，妈妈，狼，妈妈……狼。”书上的野狼画得惟妙惟肖，大大的嘴巴露出闪光的白牙，吐出红色的长舌。安吉指着书面上的大灰狼，一边发出惊恐的声音，一边往我的怀里钻。每晚我都会给安吉讲大灰狼和小红帽的故事，每一次当我说到大灰狼吃掉外婆，又假扮成外婆吃掉小红帽的时候会问他：“大灰狼坏不坏？”“坏……”“外婆和小红帽可怜吗？”“可怜。”安吉聚精会神地听着，眼睛紧紧地盯着书中的一杆枪，“砰一声，猎人开枪把野狼打死了，然后用剪刀剪开了大灰狼的肚皮，救出了外婆和小红帽。”“大灰狼死了，外婆和小红帽救出来了，你开心吗？”“开心……”

故事讲完后，我一直以为坏、可怜、死、开心这些字词只是存在于我和安吉的一问一答中，安吉的小小心灵里并无法理会这些词汇的含义。直至有一天，G先生限制了他的玩耍，我正要过去安抚他，只见安吉在玩具箱里找到一把父亲去年送给他的玩具手枪，忽然拿起枪对着G先生，嘴里还不停地发出“砰砰砰……”的声响。先生愣愣地还没反应过来，安吉过去将蹲在地上的爸爸推倒在地上，然后满意地说：“死了。”大家因为安吉的顽皮而逗趣地笑着，只有我心里清楚地知道，安吉“杀人”举动的“灵感”从哪里来。

从那天开始，我便会有选择性地为安吉选择故事书。停下来想一想，安吉出生以来，我都在竭尽所能地给他爱、温暖以及生命中的一切美好。我向他介绍明媚的阳光、温柔的月光、耀眼的星星、美丽的花朵、春天里滋润万物的雨水、夏日里可以供人们乘凉的大树、秋日田地里金黄的硕果、冬天洁白的雪花……还大声地告诉他，妈妈爱你，爸爸爱你……可如今，我却教会了两岁的孩子怎样“杀人”。人的童年何其匆促和珍贵，未来他成长的岁月里，会见到人世间的丑恶和冷酷，没有必要让他现在就知道人与人之间的仇恨。

故事讲多了，安吉的语言有了进步。

经过了寒冷的冬季和令人惶恐的疫情，安吉终于不用天天居家度日。天气暖和的时候，我牵着安吉的手走在公园的人行道上，安吉兴奋地指着不远处相互追逐的流浪狗，说：“妈妈……妈妈……汪、汪、汪……”我们看着流浪狗跑远后，我问他：

“汪汪汪是什么动物？”“狗。”安吉回过神来，对着我说出了“狗”字。我惊喜万分地抱起他对着G先生叫了起来，安吉惊慌失措地看着我，又奋力推开我的脸，转过头扭着身子伸长脖子盯着那几只逃窜的流浪狗。

每次外出，我都会向安吉介绍这个世界。安吉对动物的认知比其他事物相对早一些，追鸡赶鸭捉猫是他很爱干的事情，他会对着狗喊“汪汪汪……”，还会对应着各类常见的动物发出“喵喵……”“嘎嘎……”“喳喳……”的声音。至于那些马路上每天会动的东西，安吉学起来的确让人很头疼，只能笼统地发出“车”，我还刻意区别告诉他，公交车、出租车、摩托车、三轮车、自行车、洒水车、拖拉机……可是每一次指着不同的车问他：“这是什么车呀？”他的回答都是“出租车”。

一路上，安吉的眼睛滴溜溜地转个不停：“爸爸、妈妈、爷爷、奶奶、舅舅、阿姨……”我拉着他的小手，他的嘴里开始发出各种家人称呼，我内心既诧异又欣喜。公园的柳枝上新抽出

了绿芽，我问他："你看，春天到了，柳枝抽出了嫩芽，告诉妈妈，树叶是什么颜色？""爱你。"安吉并没有回答我的问题，却害羞地说出这两个字。

转过一个弯，大片的迎春花在风中肆意盛开。"妈妈，花，妈妈，花。""这些花是什么颜色的？""天空是什么颜色的？"等不到安吉的回应，我抱起他："你看，柳枝是绿色的，这些花儿是黄色的，天空是蓝色的。记住了没？""没。"我又一次耐心地重复着刚才的话。安吉终于点了点头，努力地说："与（绿）色的，与（绿）色的。"继续往前走，公园里的树上开出了或粉色或白色的花。"安吉，你看，树上开满了粉红色的花，好看吗？"安吉却转过头来，指着不远处喊："蝴蝶，蝴蝶……""嗯，长着翅膀的蝴蝶飞走了。"我及时回应了安吉口中的蝴蝶，"那你告诉妈妈，这些粉红色的花好看吗？"

"好看。"安吉的声音清脆真切。

"漂亮吗？"

"漂酿（亮）。"

"你开心吗?"

"开西（心）。"

"你累吗？"

"累。"

"想吃苹果吗？"

"想果。"

"想回家吗？"

"不家。"

……

"那我们一起跑，看谁先跑到前面的亭子那里，好不好？"

“好。”安吉话音刚落，撒腿便跑。

“妈妈，快……跑……”

夕阳西沉，我们一路向家的方向跑去。

慢一点　小心一点

下班回家，刚进门，就看到婆婆端着饭碗追着安吉喂面条，安吉举起手里的皮球叉开腿，嘴里发出“预备……”，没等球发出去，就看到静静站在门口的我了。我故意拉下脸，告诉他，如果不好好吃饭，一会儿就不能去公园和小朋友一起玩。他好像听懂了我说的话，扑通一声坐在地垫上，婆婆这才顺利地喂完了端在手里的面。

吃完饭的安吉当然忘不了我刚才对他的允诺，自己提着鞋子向我走来。“你肚子饱了吗？”“肚子饱了。”安吉一边把小手放在有意挺起来的肚子上转圈抚摸，一边给我回应。

“你出去玩要不要拿车车？”“拿车车不拿车车。”“到底要不要拿？”“拿车车拿车车。”我帮他穿好鞋子，他一脚踩着滑板车从门口冲了出去。出了电梯，我扯着嗓子不断地重复着“慢一点，小心一点……”，但他全然不顾我的担心，像脱了缰的马加快了速度。我目不转睛地盯着这个两岁的孩子，一脚用力蹬地奋力前行，在遇到障碍物时又忽然撅起屁股的样子，心里欢喜极了。

回到老家，安吉特别想要抓到高处的树叶，爸爸双手抱起他，当小手触碰到树叶的那一刻，他开心地笑了。我想，所谓的父亲，就是竭尽所能为你铺路的那个人吧！

“妈妈，我想吃棒棒糖，去超市买好不好？”

“没门！”看到安吉已经掉了渣的牙齿，我气绝道。

“妈妈，我们的门没关吗？”

“你刚才吃得饱饱的，现在我们要去公园和小朋友玩，不能吃棒棒糖。”我强忍着怒气，蹲下来耐心地解释道。

“那走吧。”安吉骑着车车先行一步。

我紧跟其后，在马路边上，安吉停了下来，“妈妈……车……妈妈，抱抱……妈妈，抱抱……”我本能地一手紧紧抱起他，一手提着滑板车穿过大马路。

“过马路的时候汽车太多了，一定要妈妈牵着你或者抱着你，知道吗？”每逢到马路边，我都会不厌其烦地提醒他。所以，当他刚才让我抱他的时候，我便惊喜万分，因为自己的安全提示他完全听了进去，或许，他已经意识到，马路上川流不息的车辆是危险，或许，他也不知道危险是什么，但能肯定的是他已经知道不能自己一个人过马路。

想到安吉的自我保护意识增强了，心中不免窃喜。

穿过马路，走在路边的塑胶跑道上，我放下了安吉和滑板车。夏日的黄昏，褪去白天的炙热，夕阳的余晖如细纱笼罩，橘红色的光晕向四周散开，阵阵清风迎面吹来，电线杆上的鸽子振翅欲飞。

安吉忽然蹲在路缘石旁低下头，过了一会，不见他起身，我俯下身凑近，原来他被一群蚂蚁吸引了，正在聚精会神地看着眼前一群蚂蚁搬运一块被他人掉落在地上的饼干渣，我没有打扰他。

“妈妈，蚂蚁……”“妈妈，蚂蚁搬家啦……”我惊诧于他怎么会用“搬家”两个字来解释自然。“蚂蚁蚂蚁搬家啦……”安吉唱起歌来，“蚂蚁蚂蚁搬家了，一个一个排成队，蚂蚁蚂蚁搬家了，嘿呀嘿呀嘿嘿呦，蚂蚁蚂蚁搬家了，不怕刮风和下雨……”我忽然懂了，一群蚂蚁来来回回在觅食，不就是安吉在电视上看的贝乐虎歌曲里的蚂蚁搬家吗？

“你数一数有多少只蚂蚁在‘搬家’，好不好？”

“1、2、3……”，安吉耷拉着脑袋指着地上的蚂蚁一个一个开始数了起来。

起身，安吉把滑板车扭向了公园的方向。

他双手握住车把，一脚蹬地，“嗖”地一声从我的身边向公园的广场驶去。

“慢一点，小心一点……”我紧跟其后。忽然想起，我的母亲也是在这样一声声的呼唤和担心中慢慢抚育我们长大的。

2020年6月22日，多云。我们在成片的玉米地里玩耍，拍照，轻轻触摸薄膜上的水珠。

我和安吉的一天

吃过早饭，我和安吉慢慢悠悠地沿着马路边的人行道一直往南走，云影慢慢地飘过，阳光暖暖地照耀着我们的全身。

“来，看这边，宝贝，妈妈帮你拍张照片。”

“茄子！”安吉转过身，回过头，摆出“剪刀手”，露出一个眯着眼睛的笑容，配合着我。

阳光十分温暖，我们俩望了一会儿天，又看了一会儿结冰的河。

“妈妈，我要吃牛肉面。”安吉忽然眼睛一亮，指着对面的羊肉面馆，一个劲儿地拉我过马路。

“那不是牛肉面馆啊，你看，门都是锁着的。”我紧紧牵着安吉的手穿过马路，走到店门口，故意推着一扇紧闭的门，告诉他。

“我走不动了，我累了。”安吉耷拉着脑袋说完后一声不响地蹲在路边上。

“加油，我们坚持一下走到前面那栋高楼，就可以和舅舅一起回老家了。”

“妈妈，我们坐公交车吧。”安吉看到往北行驶的公交车，眼巴巴地看着我，等着我的回应。

我心里清楚，安吉已经陪着我走了半个小时，他走不动了。可是，前面的红绿灯处就是目的地，我还是放弃了坐车的想法。

“妈妈抱着你走，好不好？”

“好呀好呀。”安吉满口答应。

我吃力地提起手中的东西，抱着安吉走到小区门口的桥上，放他下来。“妈妈，你看，红灯停，绿灯行，遇到黄灯缓一缓。”安吉嘴里又开始念叨这句交通规则。

看到舅舅，安吉竟忘记行走的疲劳，欢呼雀跃起来。

我抱他坐上了车，不一会儿，在车子的颠簸和摇摆里，安吉静静地躺在我的怀里睡着了。

一个小时以后，我们回到老家。安吉被我抱下车，很快便醒了过来。没等我们取下东西，他就冲进了大门。

“我来了！”安吉对着太爷喊道。自从上次我告诉他太爷的耳朵要大声说话才能听见，安吉就牢记于心，每次见到太爷，他总是声嘶力竭地大喊。

爷爷坐在门口的马扎上，手中端着茶杯，看到我们回来了，站起身来，嘴里不停地重复着：“都回来了。”

门前的土地在冬日里略显荒芜，可是，老家的房前屋后并不缺乏生气。黄昏时分，袅袅炊烟从烟囱里飘出来，在冷风中逐渐消失。20余只鸡在门口的玉米地里来来回回刨土觅食。小黄狗看着两个幼童在地里蹦来蹦去，偶尔发出几声犬吠。安吉被舅舅手里的泡泡吸引过去，在院子里跑前跑后，泡泡飞哪他追哪，泡泡时而落在他的肩膀上、胳膊上、头顶上，瞬间破碎，他的笑声飘荡在院里院外。

院子里的玉米堆旁，有一个长方形网状的铁笼子，笼子里有一只灰色的鸽子。据说，这是一只信鸽，一天，奶奶正在院子里收拾粮食，鸽子便落在了奶奶的肩膀上，奶奶顺手抓住它，把它抱进笼子里喂养了起来。

“妈妈，快看，麻雀！”

“这是麻雀吗？”

“翠鸟吗？”

“不是，你再想想。”

“燕子吗？”

“不对，再想想。”

“老鹰吗？”

“这是一只鸽子，宝贝。”看到安吉绞尽脑汁也说不出来，我只好给出了答案。

“妈妈，鸽子好可爱，妈妈，你看，鸽子飞！”安吉有段时间对形态相似的鸟总是分不清、辨不明。

晚饭过后，天色暗下来，安吉尾随着太爷跑前跑后，忽然，一只大公鸡冲向安吉，太爷见状拿起手里的棍子打向公鸡，安吉摔倒在地上哇哇大哭。

“不要怕，太爷已经把大公鸡打跑了。”我一边拭去安吉脸上的眼泪，一边安慰他。

我抱着他走到门外，亲了亲他的额头。“妈妈，大公鸡啄我来，把我吓的。”安吉停止了哭闹，一边抽泣一边从嘴里挤出了这几个字。我扑哧一声笑出声来，内心又极度庆幸，幸亏大公鸡嘴下留情，要不然我的安吉就遭殃了。

一路向西

我和G先生第一次一起旅行是在结婚以后，我们去了距离家乡一千多公里那个四季如春的城市和一些充满神秘与文艺气息的地方。这也是我生平第一次去南方的城市，内心充满了憧憬和向往。

我们从西安出发。第一站是昆明。

抵达昆明已经是夜晚10点多钟，我和G先生一起走在这个异乡城市，徒步寻找提前预订的快捷酒店。晚风徐徐吹来，华灯忽影忽现，虽然此刻还未找到地方安顿下来，但是内心却很踏实。第二天睁开双眼，阳光从窗帘的细缝里打进来，我知道，明媚的一天就此开启。

我们住的地方离云南大学很近。这个美丽的城市风和日暖，植被都展示着鲜活的生命，令人想要永远好好生活下去。

列车缓缓启动，伴随着婉转悠扬的《阿诗玛》乐曲，我们来到石林。这里是阿诗玛的故乡，美丽的阿诗玛在这怪石嶙峋、鲜花盛开的地方，等待着阿黑哥的到来，迎接着我们这些远方的游人。

12月，北方的冬日早已如约而至，而这里却是另一番景象，树叶翠绿，草地青青。

来到景区瞬间被眼前的奇观震惊，这里简直是一片石头的森林，传说在2.7亿年前，这里是一片汪洋，大自然神奇地将它们从海底托起，成为如今这片石林。这些拔地而起的巨石，有的像伟岸挺拔的山峰，有的叠加在峰顶直指苍穹，有的如石笋破土而出、峥嵘向上，有的如擎天柱支撑着欲坠的巨石，有的像侧面裹着头巾的男子汉，硬朗的轮廓线条透着大丈夫的豪气……难怪那些文人墨客在这里挥笔题词，感慨万分。

离开大石林来到小石林，眼前玲珑剔透的景色让人感觉清新愉悦。我们在鲜花丛中，隔着绿色的大草坪远眺小石林，在湖边远望阿诗玛，回味着美丽的传说。一边的小石林在花草绿林中簇拥着前往西天取经的唐僧和他的徒儿们。细细观看，在这充满意境的石雕林海中，一切栩栩如生，充满灵性。小石林还伴着清澈的湖水，将它的身影投到微波粼粼的水中，宛如一幅天然的水墨画，远远望去就像一个硕大的天然盆景。伸往水中的挑角亭，亭中小憩的游人，水中硕大欢快的鱼儿，为静美的画卷增添了几分灵动。

第二站，大理。

大理，一生不能不到的地方。说不定故事就在洱海边发生着。

坐了一晚上的火车，抵达大理时已是翌日早晨。

开启手机导航，拐了好几个巷子终于找到了我们提前预订的客栈。客栈有一个很诗意的名字——秘密花园。实际上这里的客栈大多都是私人家的独院，每家的名字都很文艺。客栈的主人很热情，帮我们介绍当地的美食和古城里行走的线路。客栈装修得很漂亮，一个独立的小院，院内种有花草，还有潺潺流水，几只大猫慵懒地晒着太阳，从我们住的房屋的窗户向外看去，美丽巍峨的苍山耸立在视线的不远处。

这是一个柔软的城市，一伸手，就可以掠到一缕柔软的花香，一片未及化作雨的云和一丝若隐若现的甜蜜。看着大理人平静而微笑着的眼睛，让人难以想象这里曾经是一个王者之邦、一片戎马之地。这温柔的风，曾吹起猎猎的战旗，而那湛蓝的天空，也曾传递着萧萧的狼烟。

如今的大理，已经成为历史的剪影。或许，她本就无意做一个野心勃勃的城市。时光流转，那咄咄逼人的战旗与狼烟尽数吹散之后，大理便蜕变成一个温柔可人的宜居之地：富饶的土地、秀丽的河川、明媚的天空、四季的春光、翻卷的白云、灿烂的阳光，还有什么比平静安宁地生活在这里，更值得人珍惜？

20世纪50年代的电影《五朵金花》中的主题歌：“大理三月好风光，蝴蝶泉边好梳妆。”让大理这旖旎的风光，飘到了各个地方。

这静静的城墙，守护着大理，也

守护着这绵延百年却又弥足珍贵的悠远生活。一代代生活在这里的人们，修葺出清一色青瓦白墙的房子，鹅卵石堆砌的围墙，青石板铺就的街道。他们不分季节地养花种树，每家每户都将自家的院落打造成一个个大小不等的花园，园中种植着兰花、山茶、杜鹃，各种红花绿蔓伸到墙外，连出一条条花巷，芬芳弥漫在全城。他们延续着唐宋遗风，把清冽的泉水从苍山引进城里，穿街绕巷，叮咚的水声不绝于耳，如弹奏的三弦。他们在每一个人气旺盛的街角种上大青树，让它用几百年的时光雕刻出一把把伞，庇护着它脚下对着情歌、嗑着瓜子、玩着棋牌、编着草帽、做着扎染的子孙。

每一个清晨，欢乐的鸟鸣唤醒了古城的人。阳光从洱海的东岸一寸一寸移过来，古城的街道也跟着一寸一寸披上镀金的衣服。小城在流动的花香中缓缓醒来，先是老人的咳嗽，然后是卸门闩的声响。

这个城市没有疾驰的地铁，没有飞奔着上班的人群，有的只是坐在院子里下棋的老人，蹲在溪边洗菜的妇人，迈着无比舒坦脚步的年轻人。你会在来大理的第一个清晨便爱上这里，因为你发现自己已经很久没有这样注视生活。在这里你会有很多时间去爱自己的生活，爱这样的细碎，爱这样的细碎中透出的温柔。

“下关风，上关花，苍山雪，洱海月。”莫道大理销魂，只因风花雪月。

次日，走在青石板街，大街小巷散发着鲜花饼的味道。相比于晚上，白日的古城倒是多了一种安详静谧的味道。

随后，我便和G先生决定去双廊。这里没有直达各个景点的公共汽车或者大巴，所以自由行的最好出行方式便是拼车。记得车上有对广东夫妇，60岁左右的年纪，那位大叔说年轻人就应该多出去走走，只要走出去就是最棒的。

大理风光在苍洱，苍洱风光在双廊。洱海，有一个关于望夫云的传说。相传一位公主爱上了一位猎人，因为父王的反对，猎人被打入海底，变为石螺，公主愤郁而死，化为天上的云彩，怒而生风，要吹开海面，与恋人相见。于是，只要此云一出，洱海便不再风平浪静。两颗想要厮守的心和一段苦苦的相思，激荡出滔天的波浪。

洱海，也是寂寞的。

很多恋人只有在洱海，才有更多的机会静下来。静下来，在这里听海的呢喃，不再有多余的风景来干扰彼此的视线；静下来，在这里寻找云和雪山的倒影。

我们抵达时，美丽的双廊古镇的道路虽然因为开发被挖掘得凹凸不平，但是洱海却把它最柔情的美呈现在我们面前。

这里还有一个美丽的岛屿——南诏风情岛，岛上风光旖旎，海天一色，千年榕树枝繁叶茂，幽穴古洞盘曲交错，岛屿四围水清

沙白，苍洱百里壮景尽收眼底，可谓“山同人朗，水与情长”。

从双廊回到大理古城天色已经暗了下来，不得不承认，洱海拥有和时光同样的力量。在这静谧的洱海之月里，感觉自己的身体正舒展开，思绪也渐渐模糊，心渐渐平静。与这低低的涛声相伴，游走在那些关于洱海的传说里，仿佛经历了一场只属于一个人的地老天荒。

一路向西。第三站，丽江。

夕阳收去了它最后的一抹霞光，夜色像黑纱似的盖向丽江古城，瞬间古城星星点点地亮起了灯光，一会儿便连成了一片灯海，重新将它的美丽呈现给夜色中的人们。屋檐下挂着各种造型的灯笼，长长的灯穗在晚风中舞动。一棵大树亮着点点白光，远远望去犹如一树盛开的梨花，游人围坐在它的树荫下，聊着天，享受古城独特的夜景。

丽江古城又名大研镇，坐落在丽江坝的中部，是依托三个小山而建的，背西北而面东南，如此便避开了西北玉龙雪山寒气的侵袭，迎面接引东南暖风，可谓藏风聚气，占尽了地利之便。我们到丽江时正赶上美丽的古城夜色，金碧辉煌中掩饰不住古色古香，络绎不绝的人群却少有都市的喧嚣嘈杂，琳琅满目的民族风情令人有身处异乡的放松。

不远处，四方街的广场上燃起了熊熊篝火。身穿纳西服装的东道主，在乐曲声中与来自各方的游人手拉手载歌载舞，热烈的气氛吸引着人们不断加入其中。

四方街是一个大约4000平方米的梯形小广场，位于丽江古城的中心，五花石铺路，街道两旁的店铺鳞次栉比。四方街是丽江古街的代表，不仅是古城的中心，也是滇西北地区的集贸和商业中心。城中绝大多数居民为纳西族，主要从事铜银器制作、皮毛皮革、纺织、酿造业等传统手工业和商业活动。

避开游人如织的四方街，我们走进古城小巷，一些游人在习习的晚风中坐在树下铺着台布的餐桌边，品味着古城的特色菜肴，在柔和的灯光中观景、聊天，享受着舌尖上的美味。还有一条大狗卧在青石板上，它也似乎在静静地享受古城的夜色。

古城充分利用了泉水之便，使穿城而过的玉河水在城中一分为三，三分成九，再分成无数条水渠，呈现出主街傍河、小巷临渠、家家流水的景象，充满了生机和活力。

离开古城的时候，我忍不住拉着G先生买了一条颜色很鲜艳的具有民族风格的围巾留作纪念，没想到后来在玉龙雪山上多亏了它的庇佑。

翌日，我们去了茶马古道。

普洱因茶而闻名，因茶而兴盛，因茶而成就了这条特殊的通商道路——茶马古道。千年的茶马古道，千年的马蹄声声，在残垣断壁中书写着久远的历史，风干成一种敬仰，凝思成一种追忆。古道依然是古道，可是走在古道上的却不再是成群结队的马帮，而是前来旅游观光的游客。

古老的马道，古老的传说。

二三十个马场，成百上千的马匹，一下子把大家的胃口吊了起来。低矮的小马很温顺，大家都想试骑上一圈。一排排、一列列的马队出发了，马夫哼着民间小调，我们骑在马背上悠闲自在，马脖子上的铃铛声，伴随着我们过马路，穿街巷，爬山坡，进丛林，原以为骑上一二十分钟，最多半个小时，过过瘾就是了。然而，这一骑就是两个多小时，一会儿走上崎岖山路，一会儿走上羊肠小道，我们在崇山峻岭中的石板马道穿梭，鸟儿在我们的头顶歌唱，狗儿跟着我们撒欢儿，真是惊心动魄而又令人欢喜若狂。

骑马结束。

按照行程，我们乘坐旅游大巴，前往丽江拉市海，沿途欣赏到了丽江村寨的风貌：古老的木门板，暗红色的油漆，房屋门前黑色的青石，闲谈的纳西族老人们。我们还乘游船在海中漫游，饱览拉市海湿地的风光，260多平方千米的湖水，一眼望不到边，成群结队的中华秋沙鸭戏水玩耍，黑颈鹤忽高忽低地飞翔鸣唱。

去一个地方，月份的选择真的相当重要，季节决定了你是否可以看到这个地方最迷人的景色。因为我和G先生是十二月去的，所以并没有看到高山草甸和花海，真心觉得遗憾。

无论在大理，还是在丽江，只要一有空闲我就不由自主地想起玉龙雪山。

车门一开，大家蜂拥而下。我紧跑几步来到了公路边的一片开阔地。我终于看清了玉龙雪山，她高昂着头颅，矗立在天地之间。这座北半球纬度最低的大雪山，主峰扇子陡最高处，海拔竟高达5596米。她以险、奇、美、秀著称于世。我不禁心头一震：

这就是纳西族及丽江十多个民族心目中的圣山。

乘车，坐索道，很快来到了海拔3240米的云杉坪。

眼前的云杉坪就是“殉情之地”，是纳西人心中的圣地。传说，久命是第一个为爱情而死的人。她与那排一见钟情后，一直相亲相爱，却遭到那排父母亲的极力反对。久命虽然做了种种努力，但都无济于事。绝望之时，她别无选择，只有噙满泪水，来到云杉坪愤然殉情，却被居住在“玉龙第三国”的爱神游它接纳。不久，那排也殉情而来。从此他们在这开满鲜花的爱情国度里幸福地生活着。

登上山顶，眼前的雪域高原与天空浑然一体，时间仿佛凝固似的，令人不敢挪动脚步，甚至不敢张口呼吸。不一会儿，天空开始飘雪，我站在海拔4506米处，顶着零下十几度的严寒拍了张照片。

淙淙流水蓝，浅浅河床白，幽幽深谷远，猎猎山风寒。雪山下的蓝月谷倒是柔情不少，水里的铜离子让水面透明得湛蓝，在阳光的映衬下波光粼粼。湖山相映，如梦如幻，几成仙境。季节

的缘故，河谷周围的群山草木枯黄，可以想象，如果来的时候正值花开时节，估计也别有一番情趣。

蓝月谷，繁花似锦，游人如织。圣洁的玉龙雪山，以她丰腴的乳房哺育着她怀中的蓝月谷，蓝月谷闪着湛蓝的眼神，充满好奇地注视着来来往往的人群，这些带着幸福满足的人群。

请让我双手交叉，放在额头，使我的目光辽远；请让我展开双臂，高举头顶，向着天的方向，虔诚地为玉龙雪山祈祷，祈求她在青山绿山间永远容颜依旧。

一路向西，去感受藏文化，去一个拥有诗意的名字的地方——香格里拉。

我靠着车窗快睡着的时候，感觉自己仿佛穿越了一个悠长的隧道。一路上山路蜿蜒曲折，山间云雾缭绕。

途径虎跳峡的时候虽然不是雨季，但峡谷中波涛汹涌，气势壮观。

虎跳峡，以“险”闻名天下，是中国最深的峡谷之一。当地人说，这里飞瀑直泻，巨石横生，是世界上落差最大的峡谷。今日所见，果然名不虚传。

最美的时光在路上。我们要拥有最美的诗和最炽烈的爱，用自己纯真的心灵去体会眼前的美，记录这一切。

经过四个小时的车程，终于抵达香格里拉，整个城市繁华却不喧闹。下午和G先生去吃了手抓牦牛肉，终于不是酸的，不是甜的，不是酸甜的，而是酸辣的。

第二天早晨去了松赞林寺，这里的天气如小孩善变的脸，难怪有“一天有四季，十里不同天”的说法。

站在空旷的停车场，向远处眺望，一座宏伟辉煌的寺院赫然屹立于山峦，那份神圣直逼眼前，顿觉呼吸困难。主殿庄严华贵，殿内壁画色彩艳丽，笔法细腻，内容以描述史迹典故、弘扬佛教教义为主。扎仓、吉康两大古寺建于最高点，居全寺中央，具有汉式寺庙建筑风格。松赞林寺仿拉萨布达拉宫布局，依山而建，素有“小布达拉宫”之称。

八九点的阳光普照整个大殿，站在寺顶和G先生晒太阳，有鸦雀盘旋上空，有成群鸽子飞过。话说这里的乌鸦是一种神灵之鸟，它们是吉祥之鸟，是轮回之门上最初的使者，它们日常的叫声在当地人心里是带着天堂和大地之间祥和气息的。

虽然不懂藏文化，但是依然可以感受到这里的肃静和庄重。

喇嘛们早课的晨鼓深沉而悠长，声声颤动人心，走在庄严威武的大殿，伴随着喇嘛们的诵经声，每走一步，都是一次心灵的洗礼！

我想，旅行最大的意义就是在我们回归生活后，依然对生活满怀希望，能够相信这个世界上真的有人在过着你想要的生活。

此后，岁月可能会带给你我皱纹、白发和肚腩，但带不走你我相伴出行的记忆。

遇见湘西

一

任何为人称道的美丽，都不及第一次遇见你。

我对长沙的感情源于对一个网络女作家的喜爱。尽管抵达长沙时夜色已经席卷了整个城市，但是空气里的热浪还是向我们迎面扑来。我和G先生走出机场，放下包裹，去了市中心。

翌日，去橘子洲头，完全源自毛主席那首脍炙人口的《沁园春·长沙》：

独立寒秋，湘江北去，橘子洲头。
看万山红遍，层林尽染；漫江碧透，百舸争流。
鹰击长空，鱼翔浅底，万类霜天竞自由。
怅寥廓，问苍茫大地，谁主沉浮？
携来百侣曾游，忆往昔峥嵘岁月稠。
恰同学少年，风华正茂；
书生意气，挥斥方遒。
指点江山，激扬文字，粪土当年万户侯。
曾记否，到中流击水，浪遏飞舟？

橘子洲是一幅展示风情的画。它与岳麓山为邻，与湘江水做伴，里面各类树种竞相生长，馥郁葱茏，湘江水面波光粼粼，风光美不胜收，形成了“一面青山一面城”的独特景观。我和G先生在疲劳中漫步在异乡风光中，惬意美好。

下午我们去了火宫殿。火宫殿是湖南长沙集汉族民俗文化、火庙文化、饮食文化于一体的具有代表性的大众场所，特别是火宫殿的风味小吃享誉三湘。火宫殿位于长沙市坡子街，在这里可以吃到各种湖南小吃，如长沙臭豆腐、正宗红烧肉、糍粑等。

我们以迅雷之势吃了享有盛誉的臭豆腐和糖油粑粑。长沙臭豆腐，据说像长沙的男人们，可能外表并不英俊，但内涵丰富；糖油粑粑，导游把它比作长沙的女人们，却没说原因，我想可能是因为内外都美吧!

二

凤凰属于湘西，是少数民族聚居地。初见到的凤凰古城只是古城的一隅，完全冲击了沈从文笔下描述的边城在我脑海中的印象，以为千里迢迢到来所能见到的只有两岸的吊脚楼和一壶沱江水，内心难免失落。

后来找到提前预订的宾馆，卸下行李之后，我和G先生轻装上阵，环城游览，沱江河水水流悠游缓和，可以撑一支长篙漫溯。沿沱江边而建的吊脚楼群在东门虹桥和北门跳岩附近，细脚伶仃地立在沱江里，似一幅韵味颇浓的山水画。

在凤凰街道，频频见到当地人挑着箩筐卖烟熏的腊肉。下午吃饭的时候和G先生点了这道餐食，尝了一口之后我算是真正领教到什么是烟熏了，一股油烟味在嘴里打转，于是弃之。与之相比较，我还是喜欢北方腌制的肉。倒是酸萝卜不辜负盛誉，酸中带甜，清脆可口。

夜晚的凤凰与白天判若两地，我们漫步在河边，看万家灯火通明。“山外青山楼外楼，凤凰歌舞几时休”，这里的酒吧一条街在江水中更是显得喧嚣沸腾。站在江边，各种音乐声不绝于耳，沱江上万家灯火的倒影在水流中影影绰绰，此时的凤凰就像一个妩媚妖艳的舞女。

三

芙蓉镇，本名王村，位于湘西土家族苗族自治州境内的永顺县，一个挂在瀑布上的千年古镇，因刘晓庆主演的电影《芙蓉镇》而出名。镇中风光独特，五里青石板长街，土家吊脚楼顺坡而建，淳朴的土家民族风情十分迷人。这里山清水秀，没有凤凰古城的喧嚣，而是多了一份闲适。

古镇长街到处都是正宗的刘晓庆米豆腐。关于米豆腐，那还是看古华的《芙蓉镇》得来的印象，对那吃食，作者没太多的正面描写，只是觉得米豆腐该是水嫩爽滑的，配上鲜红的辣椒浇头，入口滑溜，香辣满颐。米豆腐作为芙蓉镇的小吃，因刘晓庆拍的片子而享有盛誉，也是物因人而名了。

站在高处的吊脚楼俯身看去，一处高约60米、宽约70米的瀑布尽在眼前。人在炎热的天气里行走于瀑布帘后，水珠溅起来形成的雨雾让人顿觉丝丝清凉。

芙蓉镇的晚上，整条五里青石板街在霓虹灯的映衬下金碧辉煌。古色古香的土家族吊脚楼也在霓虹灯的照耀下，与灯光和悬崖融合在一起，让人陶醉其中。

四

去张家界武陵源景区的时候，在火车站遇到一个同龄小伙，他说他住在那里，回去的时候顺带拉人，因为坐大巴太累又浪费时间，而小伙要的价格又合理，我于是拉着G先生坐了他的车子，一路上我们说湖南和甘肃食物的迥异，聊气候的不同，他告诉我们，张家界武陵源是核心景区，树木茂盛，就像原始森林那样，方圆多少里会见不到游人，还经常有各种野猴怪兽出没，走不好会迷路，告诫我们最好请个导游。

这时候我感觉真的是碰到了好人。

一个小时之后，我们被拉到一个距离景区一里路的私人导游公司，这里的经理告诉我们含住宿和导游每人350元即可，介于前面听了会迷路有野兽的段子，我瞬间心动了。这时候G先生果断拉着我走出门外，走向距离这里一里路左右的景区大门。

进去才知道景区的游人特别多，猴子可爱得和小孩一样，到处都是路标和大路，回想起来真的全是套路。

三千奇峰，八百秀水，水因山而绿，山得水更清。沟壑纵横，岩峰高耸；绿树环绕，兽鸟成群；幽谷深深，溪流潺潺。这里的山石奇峰被人们赋予了这样或那样的寓意，真的是完全靠想象。我们只去了黄石寨和金鞭溪，用了两天时间，每一天都累得够呛。但是回来之后，我居然没有瘦！

途中遇到了两个大学生，在青年旅社做义工，一个来自云南，一个来自山西。他们介绍了自己所在的青年旅社，出于江湖相见的友谊，我们决定住在他们做义工的青旅。这是我外出第一次住青年旅社。

因为大氧吧青年旅社距离景区还有一段路程，去的时候被一对重庆夫妇热心搭载，没想到因为聊天走过了。我们让他们放我们下去，我们再坐其他车回去就是，他们却觉得这会儿天色暗下来也不好打车就又返程送我们回来。萍水相逢，或许，世界也没有我们想象中的那么差，一路上都在谨防被骗，但还是有很多热忱善良的人。

来到旅社，因为是去年才装修的，设备较新，干净整洁，公共区域也别具特色。前台是一个漂亮的大姐，她很热心地带我们来到了房间。

踏上归程，我一路望着窗外，回想着短短的七天时光中途经的一个个城市和村庄，遇见的各色人等，现在湘西留给我的只有记忆。

我想，生活的根基是一颗自然的平常心，外面的大雨还在下，院子里车辆驶过有水花溅起。想着这场雨停息之后，明天会不会有阳光出现。

但是无论怎样，我和G先生都知道，我们又一起翻越了一座大山，也一起走过了一座吊脚古城。

写在春天

住在小城，漫步、徘徊、听风、闻香是在公园里进行的；跑步、遛娃、透气、拍照也是在公园里完成的。四季更迭，在小城里，最先能感受到春的气息，也是在公园。

今年，春虽然早早来到，可是春寒料峭，让人时常打战，令人不禁怀疑它本身的温暖。晨起跑步，小城的喧闹还没有开始，公园却已经热闹起来。连翘那一条条墨绿色的嫩枝上缀满了一簇簇金黄的小花朵，给人们带来春天的希望；春风拂过，抽出绿芽的柳树条儿摇摆着轻柔的枝条，婀娜多姿地舞动身躯；几只鸟儿飞过丢下清脆的叫声，打破了公园里片刻的宁静；柔远河不分日夜静静地流淌，好像赋予人们生生不息的希望。是呀，多么美好的春光。生活在小城里勤快的人们自然不会错过，他们或独自或三两人一起跑步、行走、打太极、跳舞、做早操……他们成为春天里最靓丽的风景。

穿过马路，回到家里，安吉还在熟睡当中，阳光透过纱窗的缝隙照进来，婆婆在厨房里准备早餐，锅里冒出热气，浓郁的稀饭味飘进客厅。洗漱完，吃过早餐，来到单位，一天的工作已经开始。

“都怪我！”我心里这样责备自己，因为没有备注清楚，一大早引发了单位两个女人的一场口舌之争，让我无比愧疚，然后我又把往期做的记录核对了一遍，尽可能将事宜标注清楚，以免日后落下像今日那般不必要的麻烦。

也罢，河流遇到礁石才会激起美丽的浪花，生活不可能一直平顺安稳，总有一些小惊喜或者小意外让你猝不及防，还有一些坎坷和困难会迎面扑来让你措手不及。那么，你只有从容应对或者不在意才会有所收获。就像这个春天，温暖中虽有寒冷，可是不能因为寒冷就怀疑春天不会带给人温暖和希望。

下班后，我站在公园街边，看到对面的群山上一树树杏花已经开得如火如荼，小城上空几缕淡蓝色的炊烟袅袅飘曳，阳光并不耀眼地照着已经绿意浓浓的大地。天开始模模糊糊地黑起来，城市的四面八方，灯火已经开始闪烁，路过公园，隐隐可以嗅到一股泥土和迎春花的新鲜味道。

后记

2021年7月21日，下午6点。下班以后，办公室空无一人，想到自己将要把整理好的书稿交付给出版社审定，内心既兴奋，又有些许期待，于是，收回了迈出门的脚步，坐在桌前，打开电脑，开始为我的新书写后记。

2020年年底，因为工作变动，我从一个外出采访写稿的编外记者变成了一个办公室小干事。身份的转变、工作方式的变化，并没有让我惊慌失措。我甚至庆幸自己还能从容面对新的岗位和工作。在过去的一年里，虽然工作和生活并没有如预期得那么美好，但却让我在“江湖”上能更好地立足，也遇见了更好的自己。

回头想想，大学毕业至今已有十年。这十年，做过老师，干过城管，当过记者，看到过人间繁华，尝到了世间百态。这十年，从女儿到妻子，再到母亲，生活角色的转变让我在跌跌撞撞中成长，在起起伏伏中历练，最终迈过了任性的青春时代，到了必须肩负重任的而立之年。这十年，想将如跑步、阅读、烹饪、练字、摄影等兴趣坚持下去，可唯一坚持做下来的似乎只有写作。那些曾自我告诫，与自己的对话，在文档里不知不觉竟已积存了许多片段，G先生提议让这些积存在电脑里的文字重见天日，也算是对自己成长的一个交代。

这本书虽然是一部散文集，可是从冗长杂乱的日常记录中摘选出部分整理成文集，也耗费了我不少时间和精力。在决定是否要出版本书以前，我的内心也有过矛盾，做过挣扎。因为我害怕文字不够精美，内涵不够丰富，意义不够深刻，所以，一直没有勇气让它和大家见面。后来，有老师告诉我："生活中大多数人都是平凡的，做好生活中的每件事对一个普通人而言都是不容易的，能够把生活中的琐事、小事记录下来并对别人有所触动、有所启发，这种文字本身就有力量。"于是，便有了这本书。

这本书里记载着很多关于我，或者是我身边的故事——写着我的乡野童年是怎样丰盈我的余生，写着我对故乡的山水和亲人的不舍和眷恋，写着我求学道路中的迷惘和挫败，写着我毕业以后为了结束漂泊、获得安定所付出的努力，写着我在失恋以后的孤独和失落，写着我是怎样收获幸福走到了现在，写着我是如何在感受生活的"小确幸"中找到了自己的节奏。

时光匆匆，记忆有限，能够用文字记录生活，感受每个瞬间，我想这就是我写这本书的初衷。在整理文稿过程中，回头看那些深深浅浅的话语，我依旧能清晰地想起当初记下每一个字时的心情。自然，我抽掉了一些消极的文字，因为不想让读者在书里因看到那些灰心的只言片语而影响情绪，虽然那些灰心的时光也是我岁月里的一部分。我只希望，用文字陪伴你们的那些时间，送给你们的都是美好的青春和幸福的生活。所以，在为书本取名时，我想到了这个名字——向阳而生。这几个字，送给曾被风雨裹挟的自己，也送给在岁月里与我一同成长的人们，往后余生愿我们都被暖阳笼罩。不管最终读者读了文字之后有什么感受，都只能由读者自己去分辨、选择、汲取所需要的东西。而我最大的愿望就是，在看完这本书之后，能引发你的共鸣，你会发现世界上还有人和你一样在迷茫中前进、在未知中寻找方向。即使我们的道路和方法不同，我们依旧能成为彼此的力量，可以陪彼此走过一段路，度过一段时光。

最后，我要在这里表达我深深的谢意。感谢出版社的编辑对书稿的审阅、编辑和校对；感谢曹焕荣老师为新书作序；感谢蔡亮女士为本书设计了封面；感谢支持和鼓励我的家人；感谢为这本书面世付出努力的人们。